오래 길을
걸으면
많은 사람을
만난다

오래 길을 걸으면 많은 사람을 만난다

지은이 | 古禪 常仁
펴낸곳 | 도서출판 선
펴낸이 | 김윤태

등록번호 | 제15-201호
등록날짜 | 1995년 3월 27일
초판발행 | 2017년 9월 20일

주 소 | 서울시 종로구 낙원동 58-1 종로오피스텔 1218호
대표전화 | (02) 762-3335
팩시밀리 | (02) 762-3371

값 12,000원

ISBN 978-89-6312-568 8 03810

오래 길을 걸으면 많은 사람을 만난다

석상인 저

발길 닿는 모든 곳이
수행처이며 법당이었습니다

새벽예불을 마치고 산책을 나서면 살아가는 것이 고맙다는 생각 때문에
늘 부처님과 주위의 인연들에게 고개를 숙입니다.
길에서 만나는 풀잎들, 나무들, 거기에 맺힌 이슬들, 그것을 털며
튀어오르는 벌레들, 뭇새들이 내 발 아래로 혹은 이마 위로 삶의 확신의
기호로 펄럭이는 환상에 젖게 합니다.
햇살이 떠오르며 마을을 비추는 눈이 부시게 환한 풍경과 마주할 때면,
그 햇살이 마치 불보살님의 은혜처럼 느껴져 마음까지 밝아집니다.
내가 머물고 있는 숲의 나무들, 그 아득한 인연을 생각합니다.
숲과 나무가 그런 것처럼, 하늘과 바람이 그런 것처럼, 물과 불의 조화가
그런 것처럼, 자타불이自他不二가 아닐까 생각합니다. 그 속에서
동체대비同體大悲의 뜨거운 마음을 느낍니다.
모두들 고맙습니다.

만나는 모두가 부처님 아닌 분이 없었습니다.
스승 아닌 분이 없었습니다.
도반 아닌 분이 없었습니다.

그래서 세상은 발길 닿는 곳마다 수행처이며 법당이었습니다.
덕분에 마구니가 다가와도 친구처럼 느껴져 두려움도 떨쳐버릴 수 있었습니다.
더욱 용맹정진하여 불보살님의 시은에 보답하고 더더욱 상구보리 하화중생의 대업이 이루어질 수 있도록 더욱 서늘한 채찍질만이 나에게 짐으로 남았습니다.
그렇게 이 환한 세상에서 살 수 있도록 마음 베푸신 모든 이들에게 고개를 숙입니다.
고맙습니다.

아무리 덧없는 인생의 고해를 넘는다 하더라도 그 덧없음에 끝에서 아주 작은 믿음의 씨앗 하나는 얻고 싶습니다.
그것을 깨달음이라 이르시며, 그 작은 것이 얼마나 큰 것인지를 모르고 하는 말이라며, 이것마저 집착이라 무어라 말씀하신다면, 저의 공부는 아직 한 발짝도 앞으로 나아가지 못함이겠지요.
화두마저 집어 들지 못한 청맹과니라고 하시겠지요.
저의 근기가 그렇다면 더더욱 부끄러운 일이겠지요.
그렇게 무섭게 꾸짖고 채찍질해 주십시오.
고맙습니다.

삼보의 정재를 도둑질하고 정갈하기 그지없는 절밥을 축내며 살아온 지도 벌써 오래입니다.
먹물 옷으로 부끄러움을 감추고 고무신으로 겸손을 표한다 하더라도 그 죄가 지워지는 것은 아닐 것입니다.
언제 이 아둔한 악연의 굴레에서 해탈하는 자유의 날이 올까요?

그것이 과연 현세의 일일까요?
지금의 깨달음은 고사하고 내세까지 이어지는 악연의 습속으로 스스로는 물론 부처님의 가피에 역행하는 미련한 중생의 굴레를 굴리지는 않을까요?
새벽길을 걸어가며 그런 생각을 하면 마냥 두렵기만 합니다.
다만 사람의 새벽이 부처님의 은혜와 스스로의 수행과 재가불자들의 도움에 힘입어 엷은 빛으로라도 다가온다면 저에게는 더없이 큰 정토일 것입니다.
그리하여 있는 그대로의 자신을 준엄하게 주시하여 티끌만큼의 업장마저 소멸할 각오로 정진에 정진을 더할 것임을 약속하지 않을 수 없습니다.

깊은 산이거나, 혼잡한 도시이거나 걸림이 없는 경지는 참으로 어렵습니다.
나의 근기가 그리 수승하지 못함을 스스로 부끄럽게 생각합니다.
다만 안과 밖의 구분의 간격이 적은 최소한의 자유인으로 나름의 여여如如한 삶을 통해 부처님의 마당에서 작은 소임이나마 부지런히 완수하며 공부하며 살도록 노력하려 합니다.
더더욱 걱정인 것이 이 책이 또 하나의 구업口業이 아닐까 싶습니다.
넓고 깊게 헤아려 주십시오.
고맙습니다.

불기 2561년
가섭사에서
古禪 常仁 合掌.

| 차 례 |

1부
소박한 적멸

비 내린 후의 숲길

1.

밤새 비가 내리고도 아침까지 그치지 않더니 10시가 지나면서 겨우 서쪽으로 하늘이 열린다.

이럴 때의 아침은 어린 아이의 세수를 한 얼굴이다.

부족한 표현이긴 하지만 무구無垢하다는 말은 이럴 때 쓰는 말일 것이다. 아니, 그 말도 부족하다. 언어의 세상에서는 절대 정확한 표현을 찾을 수 없는, 언어 이전의 세계에서의 표정, 그야말로 불립문자의 경지의 언어, 오직 형상 그 자체이다.

처마 위로 조금씩 파랗게 트여오는 하늘, 풍경 소리는 배경의 음악으로 깔린다.

누구의 발길도 닿지 않은 그 길을 고무신을 신고 찰박찰박 걷는 즐거움은 세상의 징검다리를 건너 피안으로 걸어가는 느낌이 이러지 않을까 싶다.

이런 풍경은 본성의 길, 본질의 풍경이다. 무한한 자각의 냉철한 의식적 동기를 제공해주는 고마운 풍경이다.

마음 닦는 사람이 하나의 풍경 혹은 외형의 자태에 기울어 본질을 놓치는 것만큼 어리석은 일도 없을 것이긴 하지만 잠시 마음을 놓고 무념의 상태에서 자신을 조망하는 그런 지관止觀도 하나의 좋은 행선行禪이 아닐까 하는 위안으로 멀리 산을 보고 안개를 본다.

평화롭다는, 그런 마음의 평화가 가득 퍼진다.

문득 금강경의 한 구절이 머리를 스친다.

응작여시관應作如是觀!

마땅히 그러해야 할 것이다.

2.

순수하게 살고 싶다는 것이 우리가 정말 가슴에 품고 사는 평생의 지향점이라고는 하지만 불행히도 우리는 시간을 살면 살수록 그것과는 반대로 멀어지고 있다. 자의든 타의든, 혹은 의도와는 다르게 진행이 되더라도 말이다. 그래서 산다는 것이 원초적으로 슬픈 행위라고 말하는 것인지도 모르겠다.

비〔雨〕의 세계는 철학적으로나 문학적으로, 총체적인 의미의 예술에서 많은 의미로 상징적으로 차용되고 있다. 일상의 생활에 있어서도 다를 바가 없으니 그 구차한 설명이 달리 필요하지 않을 것이다.

홍수와 가뭄에서 누가 자유로울 수 있을까? 나막신 장수와 우산 장수 아들을 둔 어머니는 하늘의 어떤 선택을 기다려야 하는가?

수행도 마찬가지가 아닐까 싶다. 삶과 죽음의 문제를 두고 제기되는 모든 문제들에 대해 오롯이 살피고 거두어 나가야 할 기로에서 순간의 선택은 무한의 결과를 초래한다. 그러니 마땅히 목숨을 걸고 수행에 몰두하는 많은 도반들의 각고의 고행은 그 행위 자체로도 불국토를 이룩하는 앞마당이 될 것이다. 그들의 소낙비와 같은 한 소식을 염원하는 것은 지극히 평범하면서도 간절한 기원이다.

수행! 말만 들어도 가슴이 뛴다. 거기에는 향기가 있다. 그러고 수행만한 예술이 또 어디 있을까?

수행하는 사람으로서 이런 현학적인 표현은 마땅히 비판받아야 하지만 몰아沒我에의 몰입이 아름답다고 말하는 것은, 이것은 모든 개인의 자아를 향한 필연적인 출발임과 동시에 인격적인 완성이라는 의미를 내포하고 있기에 나는 감히 이런 말을 하고 싶은 것이다.

그도 그럴 것이 육상 100 미터 달리기나 높이뛰기 등등에서 인간의 육체적 한계를 뛰어넘는 기록에서도 사람들은 열광을 하는데, 하물며 육체를 넘어 정신의 완성의 경지에 도달한다는 것이야말로 진정 우리 시대가 필요로 하는 절대가치이기 때문이다. (이런 나의 단순하고 무지한 비교를 부디 용서하시길!)

비 내린 숲길은 아늑하고 향기롭다.

나는 그 길에서 돌아오고 싶지가 않다.

3.

세속의 이치에 눈 바른 성장주의자이거나 팽창주의적인 사람, 또는 오직 눈앞의 삶, 오직 현존하는 그 순간의 절대가치를 부여하는 지독하게 성실한 사람에게는 비오는 숲이거나 눈 내리는 겨울바다거나 길바닥에 널린 질경이와 민들레와 같은 풍경은 아무런 의미가 없을 것이다. 그렇지만 그러한 사람들의 고군분투에 힘입어 일정 부분 세상이

굴러간다는 것도 틀린 말이 아니다.

아울러 시대적인 불화로 인해 상대적으로 빈곤을 느끼거나 기회균등의 사각지대에 몰려 일말의 불만이 가슴 속에 늘 들끓는 사람들에게는 아침햇살이나 저녁노을, 새벽의 안개가 오히려 귀찮은 경우가 비일비재할 것이다. 그러한 사람들의 분노와 소외는 아울러 사회의 제반적인 문제를 제기하여 해결책을 모색하는 동기가 될 수도 있을 것이다.

그리고 나는 이렇게 생각했다. 상반된 입장의 그 두 부류의 사람들의 단 하나의 공통점은 소유의 문제로 모든 것이 귀결된다는 것이다. 소유하지 않고는 자신의 존재를 증명하지 못하는 경제적 동물로서의 자리매김은 어쩌면 슬픈 일이기는 하지만, 그러나 그것은 엄연한 현실이다. 그들은 앞으로의 문제, 나아갈 길만 생각하기 때문에 망설이거나 주저하는 것은 그 자체가 낭비라고 생각한다.

그러나 잠시라도 돌아서서 자신을 뒤돌아보지 않으면 복잡한 인생사의 문제점들의 해결책은 전혀 나타나지 않는다는 것을 나는 늘 강조하고 싶다. 가는 시간을 잡아둘 수는 없지만 나의 마음의 작용을 쉬게 하는 것은 약간의 의지만 있으면 충분히 가능하다. 그러한 정신적인 투자는 절대로 손실을 초래하지 않는다. 이는 매우 경제적인 발상이기도 하지만 합리적이기도 하다. 그리고 세상은 반드시 합리적이지 않지만 비합리와의 충돌로 인해 유쾌해질 수 있는 가능성이 농후하다. 일탈의 희열은 비상식이지만 그 가치와 효용은 꽤나 쓸 만하다.

비 내리는 숲길을 걷다가 걸어온 길을 조용히 한 번 뒤돌아보라.

원인 없는 결과가 없듯이 어제의 내가 지금의 나인 것을 직시하지 않으면 미래 또한 없다는 것 또한 극명한 현실이다.

나는 조고각하照顧脚下라는 말을 좋아한다. 이 말을 쉽게 풀이하자면 댓돌에 올라서면 뒤로 돌아서서 신발정리를 하라는 뜻이다.

절에 가면 법당이나 승방에 신발을 벗어놓는 댓돌 위에서 이 글귀를 쉽게 볼 수 있다. 옛날 한 수좌가 어떤 선사에게 "달마가 서쪽에서 온 뜻은 무엇입니까(如何是祖師西來意)?"라고 묻자 선사가 대답하길, "자네 발밑을 잘 내려다보게나. 자네가 서 있는 곳이 어떠한지!"라고 대답한 것에서도 이 말의 유래를 찾을 수가 있다.

자신이 서 있는 자리, 순간순간 내가 어떻게 처신하고 있는지 돌아보라는 불가佛家의 가르침이다. 잘 정돈이 된 신발을 보는 것처럼 마음의 단정한 오롯함을 구하는 것도 참 좋은 일이다. 굳이 댓돌이 상징하는 성공의 자리가 아니라 하더라도 오늘날의 현대인들은 물론 수행하는 우리에게 내리는 간곡한 가르침이기도 할 것이다. 쉽지만 어려운 것이 또한 수행이 아닌가!

뼈저린 반성과 성찰이 없이는 진정한 자아를 발견하지 못한다. 그런 연후에 앞날을 도모해야 한다. 그래야만 분명하게 스스로 주인공으로 자신의 앞날을 개척해 나갈 수가 있는 것이다.

비 오는 숲으로 사람들을 초대하고 싶다.

우산과 비옷과 같은 거추장스런 장식은 당장 버리고 싶다.

4.

수행이라고도 하지만 절집 살림살이 또한 세상의 일상과는 별 다를 바가 없어 나름대로 분주하기 마련이다. 하물며 시간을 쪼개가며 사는 저자거리의 처사, 보살들의 삶이야 얼마나 다채롭고 역동적이겠는가! 세상을 지탱하는 튼튼한 기둥인 그 사람들의 어깨에 부처님의 가피가 폭포처럼 흘러내리길 날마다 발원하고 싶다.

그러나 거듭 말하고 싶은 바, 잠시 놓으면 편안해지는 도리를 결코 깨닫지 않으면 삶이 풍요롭지 않는다. 숲이 아니더라도 인적 드문 곳에서 잠시 마음을 내려놓고 조금이라도 비워버리면 지금보다 큰 그릇이 생기는 법을 느끼길 바라는 것이다.

당신은 결코 배설하지 않는 사람인가, 나는 조용히 묻는다.

그리고 나는 숲길을 걸으며 느낀 이런 생각들을 나에게도 묻는다.

무산자無産者이지만 무소유無所有 아닌가?

이런 턱도 없는 대답이 튀어나왔다. 그러나 무산자이긴 하지만 과연 무소유였는가? 그리고 무산자로서 공동의 그 무엇을 위해 고민다운 고민이라도 한 적이 있었는가?

숲의 새들이 나를 조롱하듯 포롱포롱 더 깊은 숲으로 날아가고 있었다.

숲은 싱그러운 적막 속에서 언제나 초연하다.

그리고 나무가 모여 숲을 이룬다는 간단한 진리가 큰 울림으로 다가오고 있다.

다만 나는 양가득죄兩家得罪, 절을 찾아서 집을 떠나는 죄를 부모님에게 저지르고, 중노릇마저 제대로 못하여 불가佛家에 죄를 짓는 어리석은 사람만은 최소한 되고 싶지가 않다.

사소한 희망 같지만 간단하지만은 않음이여!

숲에서 나무가 되어 세상을 바라보는 일이며 사람을 바라보는 일, 나무에서 숲이 되는 일, 수행을 한다는 것, 비 내린 후의 숲은 거대한 상징으로 나를 압박하는 듯하다.

즐거운 고통이다.

죽비를 다듬으며

안거安居가 끝나면 어디론가 떠나야 한다.

그리고 산문山門을 나서기 전에 꼭 해야 할 일이 있다.

머리를 삭발하고 죽비를 깎는 것이다.

그리고 그 가지의 행위는 예리하든 둔탁하든 칼을 사용하는 일이다.

나를 경계하기 위함이다.

스스로에게 죽비를 내리칠 용기가 없다면 그것은 위선이다.

가장 나쁜 수행이다.

굳이 자자自恣를 행하지 않더라도 순간순간의 업식業識을 곧바로 해결하지 않으면 내 안의 진실한 불성은 애초에 존재하지도 않을 것이다.

매사가 공부의 순간이다.

그런 마음을 담아 나의 경계를 다른 스님의 공부에 도움이 될 수 있었으면 하는 소박하고 작은, 그러나 진솔한 바람을 담아 죽비를 깎는 것이다.

생각을 접는다.

무념무상이 가장 필요할 때이다.

나 자신의 혹독한 경험을 잔잔하게 나누어 가질 수 있다는 것은 행복한 일이다.

아니다.

나는 나 자신에게 전혀 혹독하지 않았다. 오히려 넉넉하게 후했다.

이런 무자비한 경우가 또 어디 있겠는가?

어제의 가난은 가난도 아니었다고, 오늘은 더욱 가난하다고, 어제는 송곳 꽂을 땅도 있었지만 오늘은 그 땅마저 없다는, 아니 그 송곳마저 없다는 그런 절실하고 비장한 마음 없이는 수행은 요원한 일일지도 모를 일이다.

나는 나를 후려치는 마음으로 죽비를 깎는다.

그것은 즐거운 고통이며 뼈를 바르는 반성이다.

그런 생각을 하며 손에 물집이 잡힐 정도로 죽비 깎는 일에 몰두하다보면 금세 새벽이 온다.

가슴이 후련하고 뻐근해진다.

마무리를 하고 잘 닦아서 책상 위에 올려놓고 가만히 내려다본다.

곧은 마음을 갖고 나아가야 할 나의 길이 보인다.

수행은 휘어져서는 안 된다.

주화입마注禍入魔는 당연히 후려치리라.

오만과 불손, 온갖 번뇌와 망상, 숱한 망설임과 견제 속에서 올곧은 사리를 견지하기 위해서는 죽비와 같은 스승이 반드시 필요한 법, 물질로서의 죽비가 아니라 정신으로서의 죽비를 항상 마음속에 준비해 놓아야 할 것이다.

그리하여 죽비는 삿된 길로 빠지는 것을 경계하는 상징이리라.

그것이 바로 죽비가 나에게 가르치는 교훈이다.

수행은 오로지 곧게 나아가되, 자신의 향기를 마음속에 차곡차곡 쌓고 그렇게 간직하는 것이다.

스스로 깊어질 수 있다는 것, 참으로 소중한 일이다.

그리하여 다듬고 다듬은 부처님의 향기를 세상에 퍼뜨리는 일이다.

생선을 싼 종이에서 비린내가 나고 향을 싼 종이에서는 향내가 배어있는 것과 같은 이치가 아니겠는가!

금강경의 한 구절을 옮긴다.

일체유위법 여몽환포영
여로역여전 응작여시관

一切有爲法 如夢幻泡影
如露亦如電 應作如是觀

수행은 젊은 마음의 발로發露이다.

청년의 기개로 자기를 밝히는 일이다. 그러므로 지금 당장, 그리고 늘 발심發心하여야 한다. 한시도 늦출 수가 없다. 초심, 아니 초발심初發心은 늘 유효하며 온전히 말 그대로이다.

왜 인생이 물방울과 같고 그림자와 같으며 이슬과 같고 번개와 같은가? 광대무변의 우주의 진리에 비추어 인간의 삶은 너무나도 찰라적이기 때문은 아닐까?

순간의 방심과 안일한 마음가짐으로는 그 무엇도 성취할 수 없는 짧은 생을 탓하기 이전에 늘 발심하여 깨어있는 의식이 그래서 무엇보다 중요할 것이다.

어찌 촌각을 다투지 않을 수 있겠는가!

야생마를 타고 초원을 질주하는 마음, 야생마도 길들이고 당연히 초원마저도 정복하고 지배해야 할 것이다.

오직 무소의 뿔처럼 정각의 정점을 향한 고독한 질주, 그것이 깨달음을 향한 수행의 젊은 질주일 것이다.

게을러지고 마음을 늦추는 순간, 그것이 죽음이라고 나는 말하고 싶다.

소박한 적멸

나는 참으로 많이도 걸었다.

40여 년 수행 동안 소임을 맡은 열두어 해를 빼고는 오직 걷고 또 걸었으니 참으로 지난한 세월이었다.

이 땅의 산과 들, 강물들에 남긴 내 발자국은 이제는 내 마음에만 남아 있을 뿐, 그 사이에 바람결에 날려가거나 빗물에 씻겨 내려갔을 것이다.

행여 내 발자국으로 인해 그 땅의 순결함과 적막에 훼손을 남겼거나 소음을 더했다면 한사코 미안한 일일 것이다.

혹은 나의 아둔한 흔적이 눈에 덮여 잠시 땅의 불순물로 남아 있다면 그것은 나의 남은 생애 동안 갚아야 할 빚으로 존재할 것이니, 내가 다시 그 땅을 밟게 된다면 좀 더 성숙하고 익은 공부로 은혜에 보답할 일밖에 없을 것이다.

부디 그런 시간이 나에게 주어지기를 부처님께 간절하게 발원할 뿐이다.

길을 걷다 보면 많은 마을을 지나고 산을 넘고 강을 건너게 된다. 꽃이 활짝 핀 마을을 지날 때면 마음까지 밝아져 걷는 아픔을 잊게도 된다.

저무는 강물에 잠시 발을 담그고 돌아온 길을 돌아보며 생각에 잠기게 되면 왠지 스스로 성숙해지는 느낌을 지울 수가 없었다.

잠시 서늘한 바람이 목덜미를 스치고 지나가면 그 쓸쓸함이 참으로 좋았다.

노을은 생각에 생각을 거듭하게 만드는 좋은 배경이었다. 들판에 눈이 내리면, 정말 이대로 영영 사람들의 기억 속에서, 그 질기고 질긴 인연의 굴레에서 벗어나는 것도 참으로 행복할 것이란 생각에 잠시 기쁨에 겨운 눈물을 흘리기도 했던 웃지 못할 기억도 있다.

지금에 와서야 느끼는 것이지만 수행을 하는 사람에게도 그리움은 늘 있게 마련이다. 외로움도 늘 있게 마련이다. 육체적인 허기뿐만 아니라 정신적인 갈증도 상당하게 마련이다.

그러나 나는 세상을 떠나 홀로 수행을 하는 것이 진정으로 세상을 떠나는 것이 아니라 삶의 방법을 객관적으로 알고 느끼고 배우는 것이라고 믿었다.

사람을 떠나고 애착을 끊는 것이 그들을 배척하는 것이 아니라 오히려 진정으로 그들의 삶을 이해하고 보다 평범하고 진실하고 보편적인 잣대를 가지고 있는 그대로 사랑하기 위하여 마을을 떠나는 것이라고 믿었다.

상구보리上求菩提 하화중생下化衆生은 그래서 있는 말일 것이었다. 그것은 내가 주체가 아니라 영원히 함께 만들어가야 할 공동체의 믿음이어야 할 것이라고 나는 지금도 그렇게 믿고 있다.

나 하나의 깨달음으로는 진정한 깨달음을 얻었다고 절대로 말할 수 없을 것이다.

당장 지금의 내가 있기까지의 그 많은 사람들의 자비와 베품, 아낌없는 사랑은 부처님의 시은을 제쳐두고라도 영원히 기억해야만 할 많은 고마움들이다.

언젠가 눈이 가득 덮인 산을 지나면서 느낀 점이 하나가 있다. 지금도 그때의 선명한 기억을 지울 수가 없다.

아무리 많은 눈이 쌓였다 하더라도 남향의 양지 바른 계곡이나 골짜기에는 눈이 쌓이지가 않는다. 햇볕 때문에 금방 녹아버리기 때문이다. 바람도 피해 가기 때문이다. 아주 이른 봄에도 거기에는 일찍 진달래가 피고 새잎이 돋아난다.

눈 덮인 산길은 걷기가 참으로 힘이 든다. 무작정 떠돌며 살아가는 시절이라 급히 발길을 재촉할 일도 없었지만 처음 올라올 때의 호기롭던 기개는 시간이 지날수록 의지가 조금은 반감이 되는 법이다. 눈으로 목을 채우고 간단한 요기를 마치고 나면 긴장도 풀어지면서 양지 바른 골짜기의 포근한 곳이 눈에 들어오면 그 따스한 풍경을 애써 외면하기가 쉽지가 않다. 잠시 쉴 요량으로 달려가서 자리를 잡는다.

햇빛은 눈이 부시게 집중적으로 자리를 파고든다. 주위의 바람에 날리던 조각난 햇빛들마저도 앞을 다투며 몰려드는 느낌이 든다. 바람도 잠시 행보를 멈추고 숨을 고른다.

젖은 발을 잠시 다독이고 종아리를 주무른다. 아무리 바람 부는 겨울의 산중턱이라지만 그때는 바람 한 점 없고 햇살만 풍성했다. 바람에 날려 몰려든 낙엽들이 푹신한 이불이 부럽지 않게 안락한 느낌을 준다. 금방이라도 잠이 들 것만 같다.

하늘엔 몇 점의 조각구름 외에는 온통 코발트블루의 날이 선 푸른빛으로 충만하다. 마음의 청정함이라 한들 어찌 저보다 더할 수 있을까?

그때 문득 그런 생각이 든 것이었다.

'이대로 잠이 들어 영원히 깨어나지 않는 것도 정말 괜찮은 일이 아닐까?'

그때의 마음으로는 그래도 괜찮을 것 같았다. 아무도 기억하지 않을 죽음, 누구도 그 흔적을 찾지 못할 죽음, 스스로 떠나가는 죽음이야말로 스스로 선택하는 열반이 아닐까, 그런 생각을 했던 것이다.

죽음 이후의 사태의 전말까지 생각할 겨를이 아니었으니 이대로 눈을 감고 봄이 올 때까지 자리를 보존하고 있으면 그대로 풍화되어 온전히 육체에서는 탈망할 수는 있지 않을까?

나는 나름의 세속적인 계산을 하면서 하늘을 올려다보며 낄낄 웃기도 했다.

그러나 그때처럼 죽음이 그리도 상쾌하고 즐거운 일이라는 것을 느껴본 적이 없었다.

나는 그렇게 오래 눈을 감고 생각을 떠나 누워 있었다.

언젠가 떠나야 하리라.

지금의 이 마음으로 떠나야 하리라.

겨울, 그리고 산, 오후의 한때의 소박한 적멸, 바람도 그침을 마치고 정적의 호흡으로 자신의 자리에 머물 때, 온갖 사물은 제 자리에서 가장 맑은 눈으로 나를 내려다볼 때, 나무들도 침묵, 그리고 영원히 이어질 침묵!

누군가 이런 이야기를 들으면 궁상스럽다고 이야기를 할런지도 모르지만 나에게는 유쾌하고 상쾌한 한때의 추억으로 가슴 속에 아련하게 남아 있다.

소박한 적멸!

생각만 해도 가슴이 뛰는 일이면서 경건해지는 말이다.

오래 가슴에 담아두는 말이다.

가을 이야기

바람 불자
만산홍엽滿山紅葉, 만장晩章으로 펄럭인다.

까만 상복喪服의
한 무리의 까마귀 떼가 와서 울고

두더지, 다람쥐 땅을 파는데

후두둑
관에 못질하는
가을비 소리.

오세영 시인의 〈가을비 소리〉라는 시다.
나는 이 시를 읽을 때마다 비장함이 느껴진다.

산다는 것은 얼마나 가슴이 뛰는 일인가! 그리고 깨끗하게 죽을 수 있는 것은 또 얼마나 장한 일인가!

인간은 누구나 죽는다. 그것은 강요할 수 없는 권리이자 의무이다. 자연의 순환에 동화하는 일이다.

그래서 생각하기를 청빈하게 죽을 권리는 없는 것인가, 이슬처럼 사라질 수는 진정 없는 일인가, 스스로 되묻게 된다.

가을비 내리는 산을 보고 있으면 냉소적으로 행복하다.

혼자라는 사실이, 수행을 한다는 것이 얼마나 다행스런 일인가 싶기도 하고 홀로 먼 길을 떠날 수 있다는 것이 얼마나 아름다운가를 실감하게 된다.

가을의 만산홍엽이 나의 만장이 되어 펄럭인다면 그것보다 푸짐한 정신의 축제가 또 어디 있을까 싶기도 하다.

죽음을 생각할 때마다 떠오르는 부처님의 말씀이 생각난다.

"현실세계에 집착이 많은 사람에게는 삼라만상이 모두 허무한 상相이라 하지만 막상 그 허무를 체득한 사람에게는 그 허무한 물질이 다시 진실됨을 가지고 있다."

정확한 지적이라고 나는 생각한다. 나의 느낌으로는 이보다 더 명확한 정의는 없다고 생각한다. 윤회와 그 순환의 의미, 그리고 역동적인 고요를 호흡처럼 느낄 수 있는 말씀이다.

한 편의 시가 이런 울림을 줄 수 있다는 것이 경탄스럽다. 수행과 더불어 시인이 될 수 있으면 좋겠다는 생각을 가끔씩 하는데, 뛰어난 시인들을 흠모하는 것은 좋으나 그들의 능력을 비하하지 않을 겸손부터 갖추고 볼 일이다.

부끄럽지만 졸시 〈고해苦海〉을 옮긴다.

어둠이 찾아오면

나는
산을 찾아 오르고

너는
마을 찾아 하산하지

먼동이 트면

너는

그 누구 찾아
고해苦海의 돛을 달고
아 마을 저 마을
떠도느냐

행복 찾는
그 주인은
누구더냐.

가을산을 오래 바라보고 있으면 산만한 스승도 없다는 생각을 지울 수가 없다. 산은 그 자체로 신해행증信解行證의 좌표로 느껴진다. 믿고, 알고, 수행하여 터득한다는 말의 그 자체라는 것이다.

모든 것을 알고 있으면서도 침묵하고, 모든 것을 포용하고, 있음을 다하여 베푸는 산의 요체를 알면 인간은 감히 경솔하게 행동할 수 없을 것이다.

인생은 고해苦海라고 흔히들 표현하지만 나는 아직도 그 뜻을 정확하게 이해할 수가 없다. 고통도 사랑할 마음을 가졌다고 자부는 하지만 아직 모를 뿐이다.

아마도 그것은 표상表象의 세계만을 지각하고 있는 나의 아둔함 때문이기도 하겠지만 부처님께서 이 세상에서 살게 하신 그 이유가 있으리라는 그 근원적인 선택, 무모하지만 그런 믿음이 나에게 늘 내재하고 있기 때문이라고, 고통도 사랑할 것이라 강변하는 지도 모를 일이다.

가을에는 여문 밤톨이라도 되어 이 세상을 굴러가고 싶다.

다람쥐의 먹이가 되기 위해 그 둥지에 자리를 튼다면, 겨울의 얼마간은 참으로 포근하리라.

누가 부처를 보았다고 하는가!

오래 길을 걸으면 많은 사람을 만난다.

나는 만행에 나설 때마다 가능하면 그곳에 시장에 들른다.

사람들, 부처님을 만날 수 있기 때문이다.

한 끼를 해결하려 시장에 들르면 거기에는 수많은 부처님들이 있다.

그런 모습을 보러 나는 빼놓지 않고 시장에 들러보곤 하는데, 사실은 내가 더 그 시장이 필요한 가난한 수행자이기 때문이기도 하다.

그곳에는 그러저러한 서로의 형편을 고려하여 싼 값에 밥 한 끼를 해결하여 주시는 수많은 보살들이 계시다.

팥죽을 한 그릇 먹거나 멸치 국물이 진한 국수 한 그릇을 시켜보아도 이천 원도 안 되는 돈에 푸짐하게 퍼주는 그 굵은 손길을 보고 있자면 괜스레 눈물이 난다.

지나는 길에 오일장이라도 열리는 장터에 들러보면 더더욱 신이 난다. 그리고 더더욱 눈물이 난다.

난전에다 집에서 캐온 나물이거나 근처의 산에서 딴 듯한 열매며 과

일이며 나물들을 펼쳐놓고 도통 파는 데에는 관심이 없고 옆의 사람들과 수다를 떨기에 바쁜 할머니들을 보면 마음이 극도로 짠해 진다.

필시 그 물건 전부를 팔아보아도 만 원을 조금 넘기기 힘든 금액이다.

그것으로 칼국수 한 그릇의 근사한 외식을 즐기고 꽁치나 고등어자반 두어 순으로 저녁 찬거리를 준비하고 먼 길을 버스를 타고 다시 돌아가실 것이다. 그러고도 천 원짜리 몇 장은 고쟁이 속에다 손으로 박아서 만든 주머니에다 꼬깃꼬깃 챙겨두었을 것이다.

우시장을 거닐다보면 김이 펄펄 끓고 있는 국밥집을 본다.

햇볕에 까맣게 그을린 얼굴에다 말쑥하게 잠바를 걸치기는 했지만 평생을 밭과 논, 들판에서 보낸 얼굴들의 어른들이 소주 한 잔에다 술국 한 그릇으로 다소곳한 담소를 즐기고 있다.

해를 넘겨 키운 소를 내다팔거나 송아지를 내다팔거나 사러온 사람들이다.

세월의 흔적이 켜켜이 쌓인 그 구릿빛 얼굴들에서 왠지 엄숙함마저 느껴진다.

그들의 손가락 끝에 걸린 담배에서 빠져나오는 파아란 연기가 바람결에 흐트러지는데, 불분명한 앞날, 노동으로 점철된 과거, 생각만큼 신이 나지 않는 오늘을 장식하는 흐릿한 눈물과 같은 풍경을 배경으로 연출하고 있다.

그 굵은 손을 잡고 돈이라도 넉넉하면 막걸리 한 사발을 선뜻 대접하고 싶다.

그러나 그럴 여력이 없음이 못내 아쉽지만, 아쉽고 절절하고 모자라고 안타까운 것이 시장의 풍경이고 사람살이의 일부분이다. 지나치지 않게 마음의 절제를 가르쳐주는 곳이 또한 시장이기도 하다.

꼭 시장이라서가 아니다. 터미널 부근이라든가 역전의 모퉁이에는 어김없이 우리의 어머니들이 곳곳에 포진하여 계절의 전령사로서의 역할을 담당하고 계시다. 냉이나 달래, 쑥 등이 대표적인 상품인데 나는 그것을 볼 때마다 나의 아둔한 계절감각을 탓하며 웃곤 한다.

뿐만 아니다. 바닷가 근처의 항구나 어판장 근처를 지날 때면 꼭 나이 지긋한 어르신들이 인근에서 채취한 미역이나 곰피, 그리고 군소나 잡어 등등을 말려서 판매하는 경우를 종종 볼 수가 있다.

나는 그것을 볼 때마다 형편대로 구입을 해서 아는 지인들에게 그 자리에서 택배로 보내주기도 한다. 지인이 그것을 선호하는 이유는 자연산이라는 것에 있다. 소일거리로 용돈 몇 푼 벌기 위해 어르신들이 바로 앞의 바다에서 직접 잡은 것이기 때문에 정확한 자연산이라는 지인의 설명에 나는 그냥 웃을 수밖에 없었다.

나는 나의 잡스런 취미이기도 하지만 시장을 자주 찾아 산책을 하고 답사를 하는 것은 거기에는 살아계시는 이 땅의 부처님들이 그분들이라고 생각하기 때문이다. 살아있는 보살들이라고 생각하기 때문이다. 그분들은 아무런 대가도 없이 오직 생존하고 후손을 생각하고 오늘을 생각하는 진짜 수행자라는 생각이 들기 때문이다.

나는 그런 저녁마다 돌아와서는 시를 읽거나 시를 쓴다. 나는 시를 잘 쓰지는 못하지만 진솔한 마음을 옮기는 심정으로, 그리고 반성을 하며 시를 쓴다. 그러나 시를 쓰는 것보다는 읽은 것으로 마음을 정리한다.

어찌 보면 시인들이야말로 수행자의 마음을 가진 것 같기도 하다. 뼈를 깎는 언어의 조탁이 없이는 감동의 글, 시가 나오지 않기 때문일 것이다.

내가 가장 좋아하는 시는 다음의 세 편이다. 세 편의 주제는 모두 장터이고 어머니이다. 그리고 그것은 나에게 있어 삶의 영원한 좌표이다. 나는 이 시들을 읽을 때마다 눈물이 난다. 나의 수행에 대해서 생각하고 어머니를 생각하기 때문이다. 그리하여 더욱 수행과 정진의 의미를 이해하고 다잡을 수밖에 없다.

첫 번째 시는 고두현 시인의 〈늦게 온 소포〉이다.

밤에 온 소포를 받고 문 닫지 못한다.
서투른 글씨로 동여맨 겹겹의 매듭마다
주름진 손마디 한데 묶여 도착한
어머님 겨울 안부, 남쪽 섬 먼 길을
해풍도 마르지 않고 바삐 왔구나.

울타리 없는 곳에 혼자 남아
빈 지붕만 지키는 쓸쓸함
두터운 마분지에 싸고 또 싸서
속엣것보다 포장 더 무겁게 담아 보낸
소포 끈 찬찬히 풀다 보면 낯선 서울살이

찌든 생활의 겉꺼풀들도 하나씩 벗겨지고
오래된 장갑 버선 한 짝
해진 내의까지 감기고 얽힌 무명실 줄 따라
펼쳐지더니 드디어 한지더미 속에서 놀란 듯
얼굴 내미는 남해산 유자 아홉 개

「큰 집 뒤따메 올 유자가 잘 댔다고 몇 개 따서
너어 보내니 춥울 때 다려 먹거라. 고생 만앗지야

봄 볕치 풀리믄 또 조흔 일도 안 잇겄나. 사람이
다 지 아래를 보고 사는 거라 어렵더라도 참고
반다시 몸만 성키 추스르라」

헤쳐놓았던 몇 겹의 종이
다시 접었다 펼쳤다 밤새
남향의 문 닫지 못하고
무연히 콧등 시큰거려 내다본 밖으로
새벽 눈발이 하얗게 손 흔들며
글썽글썽 녹고 있다.

남향의 창문을 열어놓고 밤새 잠 못 이루는 시인의 실루엣이 선연하게 다가온다. 어머니! 누가 그랬던가, 신은 어느 곳에서 계시지 못하기 때문에 대신 이 땅으로 어머니의 존재를 보내셨다고 말이다. 누군들 어머니의 그림자에서 자유로울 수 있으리.

두 번째 시는 이 나라 시단의 대표적인 원로 신경림 시인의 〈목계장터〉이다.

하늘은 날더러 구름이 되라 하고
땅은 날더러 바람이 되라 하네

청룡 흑룡 흩어져 비 개인 나루
잡초나 일깨우는 잔바람이 되라네

뱃길이라 서울 사흘 목계 나루에

아흐레 나흘 찾아 박가분 파는
가을볕도 서러운 방물장수 되라네

산은 날더러 들꽃이 되라 하고
강은 날더러 잔돌이 되라 하네

산서리 맵차거든 풀속에 얼굴 묻고
물여울 모질거든 바위 뒤에 붙으라네

민물 새우 끓어넘는 토방 툇마루
석삼년에 한 이레쯤 천치로 변해
짐부리고 앉아 쉬는 떠돌이가 되라네

하늘은 날더러 바람이 되라 하네
산은 날더러 잔돌이 되라 하네.

시에는 나그네의 삶이 그대로 녹아있다. 산이 되고 강이 되고 바람이 되는 것이 인간의 근본이 아니었나를 시인은 정확하게 짚어내고 있다.

아울러 비록 들꽃으로 살아가는 지난한 민초의 삶일지라도 밤하늘의 뭇별로 떠서 이 땅을 비춰주는 환하고 짭짤하고 고소한 빛이 될 것이다.

그 다음의 시는 김철주 시인의 〈산동 장날〉이라는 시다. 그 양반이 유명한 시인인지는 아직 잘 모르겠지만 어느 신문에서 읽고는 너무나 가슴에 와 닿아 그것을 그대로 오려 벽에다 붙여 놓고 오래 읽었던

시이다.

산동山洞장 장날마다
어찔어찔 걸어가는 아버지의 발꿈 뒤로
조롱비가 왜 우는지
인제사 알 것만 같다

그 조롱비, 넘어져 비명을 지르면
지게 위에 매달린 되박쌀이 울음 울고
어깨를 한 번 추수리면
머슴살이 삼십 년의 금禁줄이 꼬여
간단히 붙은 응어리 응어리가
언제나 모래알을 씹듯
모래알을 뱉어내듯
가슴을 열고
고만고만한 정情을 지닌 채
고만고만한 마음을 지닌 채
아버지의 등피 너머에 가만히 앉아
돌아오는 길목, 길목에서
몇 두릅의 굴비에게
그러면 쓰간디 그럼면 쓰간디
이상스레 얘기한다

가난에 시달린 조상祖上이
제祭ㅅ날을 건너 뛰고 건너 뛴 자리에

동그랗게 남은 조롱비, 조롱비가
몇 두릅의 굴비를 뒤따르고
울긋불긋 무지개 꽃을 피우며
평온해 하는 얼굴이
왜 그렇게 예뻐 보이는지
아버지의 발꿈에서 왜 울어쌌는지
인제사 알 것만 같다.

우리 시대의 아버지들은 한국 근, 현대사의 살아있는 얼굴들이다. 비록 사문의 길에 들어서서 자식에 대한 사랑은 알 수 없으나 아버지의 마음은 늘 알 것만 같다. 우리의 핏줄 속으로 스며든 그 투박하지만 든든한 힘이 언제나 느껴지기 때문이다. 나는 그 힘으로 바른 수행을 하고 싶다.

시장이든 광장이든, 도시에서든 바다에서든 법당法堂 아닌 곳이 없었다. 만나는 모든 사람들이 스승 아닌 사람이 없었다.

누가 부처의 얼굴을 보았다고 하는가!

어머니와 아버지를 대하는 것처럼 사람들을 존경하고, 이 땅의 모든 아이들이 우리의 아이들이라는 넓은 생각을 하고 생활을 한다면 부처님 세상은 그대로 이 땅에 펼쳐질 것이다. 아울러 그런 사람들의 소박하고 순박한 얼굴이 더욱 많아지고 그런 가치들이 제대로 존경을 받을 때만이 우리는 부처님의 얼굴을 닮아 그 마음까지 닮을 수 있을 것이다.

그런 나날들이 많아지는 사람 사는 세상이 곧 나의 꿈이다. 야무진 꿈이라고 핀잔을 주더라도 어쩔 수 없다.

좌절은 있어도 포기는 없을 것이다.

수행이 늘 그런 것처럼 말이다.

한 사람을 위한 법문

믿음은 도의 근원이며 공덕의 어머니다.
일체의 선법을 크게 키우고,
의심의 그물을 끊어 제거하며,
삼독의 흐름에서 나오게 하고,
열반과 무상도를 열어 보인다.

信爲道元功德母 長養一切諸善法
斷除疑網出愛流 開示涅槃無上道

〈원각경〉경에 나오는 한 말씀이다.

나는 이 글을 읽을 때마다 가슴이 조금씩 두근거린다.

부처님의 뜨락에서 공부를 한다는 것, 수행을 한다는 것, 조금씩 부처님을 닮아가려는 노력을 한다는 것, 그래서 좋은 인연을 만나고 좋은 시절을 만나 구름처럼 물처럼 흘러 다닐 수 있다는 것이 마냥 축복을 받은 기분이기 때문이다. 그런 믿음을 가진 사람이기 때문에 더욱 행복하기 때문이다.

사람에 대한 믿음이 없이는 올바른 사회생활을 영위하기 어렵다. 설사 그 믿음 때문에 작은 손해를 입거나 배신을 당한다 하더라도 자신의 믿음에 의심이 없다면 스스로 떳떳할 수 있으니 얼마나 자랑스러운 일인가! 아울러 나로 인하여 누군가가 약간의 이익을 취하고 배가 부르다면 그것으로도 만족할 일이 아닌가 싶다.

하물며 수행에 있어서의 믿음은 돌에 새긴 글자와 같고 마음 속 깊은 곳에 내리찍은 불의 화인火印이어야 하리라.

그러나 맹목의 신념이 빚어낸 어리석은 판단은 냉철하게 거절해야 하리라.

어떤 과학자가 말하길 신의 전제가 없는 믿음만이 자신을 구제할 것이라는 말을 들은 적이 있는데, 어느 정도 나는 그 말에 동의를 한다.

불교의 위대함, 그리고 그 능동적인 자세, 끊임없는 자기성찰이 요구되는 철저한 구법의 행각이 바로 그것을 증명하는 것이라고 나는 생각한다.

그 부처님의 품안에서 나는 여전히 행복하다. 늘 그럴 것이란 믿음에는 추호도 변함이 없다.

그 이유는 무엇인가?

이런 시를 적은 적이 있다.

〈나그네〉라는 제목의 시다.

어찌 보면 유치하기도 하다. 너무도 많은 시어들 중에서도 너무나 뻔하고 상투적인 낱말들, 풍부하지 못한 비유, 절제되지 않은 감정 등등.

해는 서산西山에 지고
세월歲月은 돌아올 수 없는 것
인생인생人生人生 일장춘몽一場春夢
오감 없는 생사生死 윤회輪廻 초월超越한
너와 나 여기 있노라
깊어가는 어둠 속에
방황彷徨하던 나그네 나그네
밝은 광명光明 찾아서
헤매던 날 몇 겁劫 몇 겁劫
人生人生 밝음과 어둠 없는
진여眞如 세계世界 참다운
너와 나 함께 걷노라
깊어가는 어둠 속에
방황彷徨하던 나그네 나그네.

그러나 나는 이 시를 믿음의 시라고 표현하고 싶다. 나라고 왜 화려한 수사나 비유를 쓰고 싶지 않겠는가만 의지의 표명에 있어 지나친 표현에의 집착은 사실관계를 왜곡시키거나 진정한 의미의 전달에 오히려 방해가 될 것 같다는 생각이 대체로 지배적이었다.

정확한 마음의 상태를 고요한 상태에서 전달하는 것, 그리고 수식으로 도배된 화려한 표현으로는 나의 수행의 의지, 그리고 내가 부닥친 냉엄하고 바람 부는 세상사의 환난을 그대로 전달할 수 없다는 생각의 결과물로 이런 시가 태어난 것이다.

너와 나 모두가 이 세상을 살아가는 주인공이다. 깨달음에 이르기 위한 방황은 필수적인 입문의 과정이었다. 몇 날 며칠 무엇인가를 확인하기 위해 찾아 헤맨 날들은 수천 일의 불면의 밤으로 그것을 대변해 준다.

전생의 그것까지 합친다면 몇 겁의 세월이 흘렀는지도 모를 일이다. 오직 인생의 밝고 어두움을 제대로 직시하고 진정 진여의 나를 찾는 과정은 그대로 나그네의 자화상으로 남아 있다. 그리고 그것은 여전히 진행 중이다.

생사와 윤회의 고통을 초월하는 의지가 없이는 불가능할 것이란 의지를 염두에 두지 않으면 깨달음은 강 건너의 일이다.

만공 스님께서 말씀하시길, “중노릇을 게을리 해서 불도를 제대로 이루지 못하면 마땅히 죽어서 소가 되어 그 빚을 갚아야 한다.”고 추상처럼 말씀하셨다. 나는 죽어서 소가 되는 것이 두려운 것이 아니다. 오늘의 이 현실을 어떻게 받아들여 올바른 삶을 영위하기 위한 최선을 다했는가에 대한 물음에 당당하게 대답하지 못하는 두려울 뿐이다.

나그네는 길에서도 쉬지 않으며 누워서도 잠들지 않는다. 어둠이 깊을수록 새벽이 가깝다는 사실을 늘 가슴에 품고 날선 그리움을 한시도 거두어들이지 않는다.

오직 밝은 깨달음만이 생사를 건 인생의 최종목적지이다. 해가 서산으로 넘어가면 다시는 어제를 찾을 수가 없다. 밤을 도와 길을 가야하는 나그네의 숙명이다. 내일이 있다고는 하나 그 무엇도 약속하거나 확실한 증명을 내어놓지 않는다.

그래서 그것은 무모한 방황이 아니라 심우尋牛의 열정의 장도壯途이다. 세월을 돌이킬만큼의 푸르고 뜨거운 의지를 천명하고 나선 길고도 먼 길인 것이다.

억겁을 돌고 돌아 시간을 초월한다면 어쩌면 최초의 나를 만날지도 모를 일이다.

그리고 차원의 경계를 허무는 '뫼비우스의 띠'를 나름대로 만들 수도 있을 것이다.

부처님 최후의 말씀도 그러했다.

"게으름 없이 꾸준하게 정진하라!"

이 글은 나에게 주는 법문이다.

선禪, 타오르는 날개

(임제 스님께서) 황벽(스님)의 회하에 있을 때였다. 그의 행업이 순일함을 안 수좌가 감탄하며 말했다.

"비록 후배인긴 하지만 보통 사람들과 다르구나!"

그리고 수좌가 임제에게 물었다.

"상좌는 여기에 얼마나 있었는가?"

"3년 있었습니다."

"황벽 스님께 도를 물었던 적이 있는가?"

"없습니다. 무엇을 물어야 할지를 모르겠습니다."

"그대는 어찌하여 조실 스님께 가서 불법의 뚜렷하고 큰 뜻이 무엇인지 묻지 않는가?"

임제는 곧장 가서 그대로 물었는데, 묻는 말이 끝나기도 전에 황벽이 바로 몽둥이를 쳤다. 임제가 하릴없이 돌아오니 수좌가 물었다.

"물어보니 어떻던가?"

"저의 묻는 말이 끝나기도 전에 스님께서 바로 저를 때렸습니다. 저는 알지 못하겠습니다."

"한 번 더 가서 물어보게."

임제가 다시 가서 물었으나 황벽은 역시 때리기만 하였다. 이와 같이 세 번을 물었으나 세 번 다 두들겨 맞았다. 그러자 임제는 수좌를 찾아가 말했다.

"다행히 자비를 입어 스님께 법을 물어서, 세 번을 묻고서 세 번 다 두들겨 맞았으나 한스럽게도 그 깊은 뜻을 알지 못했습니다. 저는 이제 떠나가려고 합니다."

"그대가 떠나가려 한다면 스님께 인사는 꼭 드리고 가게."

임제는 절하고 물러갔다. 수좌가 먼저 황벽에게 가서 말했다.

"법을 물었던 후배가 매우 여법如法합니다. 작별인사를 드리러 오거든 방편으로 이끌어 주십시오. 뒷날 법을 얻으면 한 그루 큰 나무가 되어 천하의 사람들에게 시원한 그늘을 드리울 것입니다."

임제가 인사를 드리러 오자 황벽이 말했다.

"다른 곳으로 가지 말고 고안 탄두의 대우에게로 가거라. 반드시 너를 위하여 말해 줄 것이다."

임제가 대우(스님)에게로 갔더니, 그가 물었다.

"어디에서 오는가?"

"황벽 스님 계신 곳에서 왔습니다."

"황벽 스님은 무슨 말을 하던가?"

"제가 세 번이나 불법의 뚜렷하고 큰 뜻을 물었는데, 세 번 다 두들겨 맞았습니다. 저에게 무슨 잘못이 있는지 모르겠습니다."

대우가 말했다.

"황벽이 그와 같은 노파심으로 그대를 위하여 애를 썼는데, 다시 여기에 와서 허물이 있느니 없느니 하고 묻느냐?"

임제는 이 말을 듣자 크게 깨닫고는 이렇게 말했다.

"황벽의 불법이란 게 원래 별 거 아니었구나!"

이에 대우가 임제의 멱살을 움켜잡고 말했다.

"이 오줌싸개 같은 놈? 아까는 허물이 있느니 없느니 하고 말하더니 이제는 도리어 황벽의 불법이 별 거 아니었다고 말하는구나. 네가 무슨 도리를 보았느냐? 얼른 말해라, 얼른!"

임제는 대우의 옆구리 아래를 주먹으로 세 번 쿡쿡 쥐어박았다. 대우가 임제를 탁 놓으며 말했다.

"그대의 스승 황벽은 내가 상관할 일이 아니다."

임제는 대우에게 작별인사를 하고 황벽에게 돌아갔다. 황벽이 임제가 오는 것을 보고 곧 말했다.

"이놈, 왔다갔다만 하여서 언제 끝마칠 날이 있겠느냐?"

임제가 말했다.

"그저 노파심이 간절하기 때문입니다."

그리고 곧 인사를 마치고 곁에 서 있으니 황벽이 물었다.

"어디에 갔다 온 거냐?"

"이제 자비로운 뜻을 받들어 대우 스님께 다녀왔습니다."

"대우가 무슨 말을 하더냐?"

임제가 앞의 이야기를 하니, 황벽이 말했다.

"어떻게 해야 이 작자를 불러와서 아프도록 한 방 먹일까?"

임제는, "뭐 오기를 기다린다고 말하십니까? 지금 바로 맛보십시오!" 라고 말하고는, 곧 손으로 황벽의 뺨을 쳤다. 그러나 황벽이 말했다.

"이 미친 놈이 도리어 여기 와서 범의 수염을 만지는구나."

임제가 바로 "악!"하고 소리를 지르니 황벽이 말했다.

"시자야, 이 미친 놈을 데리고 가서 선방에 참여시켜라!"

뒤에 위산(스님)이 이 이야기를 들어 앙산(스님)에게 물었다.
"임제가 당시에 대우의 힘을 얻었느냐? 황벽의 힘을 얻었느냐?"
앙산이 말했다.
"범의 머리를 탔을 뿐 아니라, 꼬리도 잡을 줄 알았습니다."

위의 글은 임제록의 가장 첫 부분이다.

나는 즐겨 이 글을 읽고 또 읽는다. 나의 외람된 생각으로는 선의 기본을 이해하기에는 이보다 더 함축적인 글이 또 어디 있을까 싶다.

그리고 다른 한편으로는 황벽의 불법이 별 거 아니라고 말한 임제의 표현처럼 선의 세계가 대단한 그 무엇이 아니라는 망념이 불현듯 떠오르면서 혼자서 웃을 때가 자주 있다.

가끔은 선서를 읽으며 묘한 정신적 일탈을 맛보는 즐거움은 어디에도 비할 바가 못 된다.

그러나 무엇일까? 소림少林의 활극이 자연스럽게 난무하고, 세대를 뛰어넘는 정신적 교감이 새벽의 달빛처럼 차고, 어눌하면서도 능청스런 질문 속에 숨겨져 있는 깨달음에의 갈망, 그릇을 알아보고 배려하는 훈훈한 인간미, 허위와 몽매와 무지를 단박에 깨뜨려버리는 너무나도 인간적인 영혼의 깡패들, 그 화려한 인문적人文的 무림의 고수들!

무한궤도의 우주적 신비를 고스란히 체험하는 이 귀한 경험들은 나의 인생의 긴 여행에서 착한 동반자가 될 것이다.

누구는 선을 부처와 교감하는 채널 혹은 안테나라고도 표현을 했다.

또 어떤 시인은 '불타는 무욕無欲'이라고 했다. 여기서 눈 여겨 보아야 할 것은 '욕'의 쓰임이다. 흔히들 욕은 욕慾으로 쓰지만 여기에서는 욕欲으로 썼다. 앞의 글은 그야말로 세속적인 욕망이나 욕심을 뜻하지만 뒤의 욕은 무엇인가를 이루고자 하는 능동적 형태의 정신적 갈망상태를 일컫는다. '아무 것도 바라지 않음에의 불타는 의지', 이것이 가능이나 한 이야기인가?

그것은 사상과 이념의 세계, 교조적인 관점에서는 이해가 불가능하다. 그리고 부단히 그것의 증명을 시도하거나 해체를 일삼는 부질없는 어리석음은 도처에서 행해지고 있다.

그러나 그것을 나는 개방적인 시선으로 받아들이고 싶다. 아울러 그런 역할들이 선의 일반화와 대중화의 일원으로 받아들이면서 입문入門의 한 방편으로 취급하고 싶은 것이다. 그러나 그것은 단순한 그것으로의 역할로서 만족해야만 할 일일 것이다.

선은 이미 초월의 존재로서 언어로서 그 실체가 드러날 일이 아님을 직관과 오감으로 증명이 되고 있기 때문이며, 아울러 지금 나의 말도 그 본질에서 멀어지고 있음을 나는 잘 알고 있다. 선의 실체 진리를 직시할 말이 과연 우리의 능력으로 소유할 수 있다는 말인가?

그러나 나는 가능성에의 무궁한 진전에 무게를 두고 싶다. 누구나 부처가 될 수 있기 때문이다. 범부의 수행은 그래서 온 생애를 두고 아름다울 수 있는 이유이기도 하다.

그야말로 선禪의 세계는 불립문자不立文字, 교외별전敎外別傳, 이심전심以心傳心, 직지인심直指人心, 견성성불見性成佛이 아닌가!

수행을 한다는 것

독일 출신의 필립 그로닝 감독의 〈위대한 침묵〉은 해발 1,300미터의 알프스 산속의 봉쇄된 수도원인 그랑드 사르트뢰즈 수도원의 카르투시안 수도사들의 일상을 담은 영화이다.

나는 이 영화를 영화관에서도 보았고 교육방송을 통해서도 한 번 더 보았다.

영화가 갖는 일상적인 표현방법도 매우 이례적이었지만 종교적인 관점을 떠나 수도사의 생활환경과 수도의 방법이 매우 인상적이었기 때문이었다.

그러나 자세히 돌이켜보면 우리 스님네들의 혹독한 수행생활과 비교해 보면 그분들의 수도생활도 무어라 별반 다를 바가 없지만 영화가 가지는 서술의 형태, 그 '침묵의 나래이션'이 자연스럽게 그분들이 추구하는 내면적인 그 어떤 것들을 녹여내었기 때문에 그 영화가 이례적이라는 것이 내 나름의 느낌이었다.

감동도 적지 않았다. 내면적인 동질성이 가슴으로 그대로 스며왔기 때문이다.

영화가 제목 그대로 거의 세 시간의 러닝 타임 동안 아무런 말도 없다는 것에 언론들이나 감상자들이 호들갑을 떠는데 실상 그 분들의 일상이 직접 그러하니 그것은 괜한 입방정에 지나지 않는다고 가볍게 취급해 버린다면 너무 가혹한 감상일까?

그분들의 침묵沈默은 신과의 대화일 것이다. 자기 자신의 영성을 밝히기 위해 자신이 사용하는 언어로서 인간의 언어는 이미 너무나 미추하기만 하다.

우리의 묵언默言과 과히 다를 바가 없을 것이다. 불립문자不立文字며 염화시중拈華示衆, 이심전심以心傳心이 뜻하는 바는 과연 무엇이겠는가!

우리는 눈빛으로 말하고 손으로 말하고 몸으로 말할 수 있다. 그리고 우리는 자연의 일부이다.

자연은 아무런 말도 하지 않고 그 거대하고 신성한 우주를 관장하고 있다.

사람이 늘 하심下心을 해야만 하고 겸손하지 않을 수 없는 까닭이다.

말을 함으로서 함부로 구업口業을 짓는 것에 비해 말을 하지 않음으로서 자신의 중심을 잃지 않고 차분하게 돌아볼 수 있다는 의미에서 침묵과 묵언은 몸의 역학적인 면에서나 정신적인 측면에서 경제적으로나 논리적으로 능동적인 수행법일 수도 있다. 이처럼 이기적이고 재기발랄한 수행이 또 어디 있을까?

그러나 말하지 않는 것은 지독하게 자신을 다스릴 줄 아는 내면적인 용기가 없이는 불가능한 일이다. 그것은 인간의 기본을 뛰어넘으려는 의지가 수반되지 않으면 안 된다. 아주 일반적이고 평범한 의미의 정신적인 교감마저도 포기하고 철저한 객관화의 성찰이 없으면 묵언은 단순한 침묵일 뿐이다. 말없음의 육체적 현상에 그칠 뿐이다.

살아있는 침묵은 펄펄 뛰는 생선과 같다고 했다. 우레와 같은 침묵이라는 표현도 썼다.

이런 뜻에서 임제 스님의 썰렁한(?)은 나에게는 지적하는 바가 크다고 하겠다.

임제 스님께서 대중에게 말씀하셨다.

"도를 배우는 이들이여! 불법에는 애써 공부할 것이 없다. 다만 평상平常하고 일 없으면〔無事〕하면 될 뿐이다. 똥 누고 오줌 누고 옷 입고 밥 먹고, 피곤하면 누워서 쉰다. 어리석은 사람은 나를 비웃겠지만 지혜로운 사람이라면 알 것이다. 옛사람이 이르기를, '밖을 향하여 공부를 하는 자들은 모두가 어리석고 미련한 놈들이다.'라고 했다.

그대가 이르는 곳마다 주인이 되면〔隨處作主〕 서 있는 곳이 모두 참되어서〔立處皆眞〕, 어떤 경계가 다가와도 흔들리지 않을 것이니, 비록 익혀온 습기習氣가 오무간업五無間業을 짓더라도 저절로 해탈의 큰 바다가 된다."

대단히 무서운 말이자 신랄하게 매섭고 명쾌한 말씀이 아닐 수가 없다.

수처작주, 입처개진은 어떤 경우에도 자신을 잃어버리지 않으면 그 모든 것이 참되다는 뜻이다. 오무간업은 무간지옥에 떨어질 다섯 가지 큰 죄를 말하는 것으로, 아버지나 어머니를 살해하는 죄, 아라한을 살해하는 죄, 부처님의 몸을 해치는 죄, 승단의 화합을 깨뜨리는 죄 등을 말함이다.

수처작주, 입처개진으로 오무간업을 지어도 해탈이 가능하리라는 이 엄청난 말씀에서 나는 전율에 떨게 하는 섬뜩한 아름다움을 느낀다.

이것은 살불살조殺佛殺祖의 경지보다 더한 믿음이다. 수행의 혹독함,

깨달음에 대한 열망에의 방편으로는 이보다 더한 것이 없을 것이다.

나라고 믿었던 것에 대한 그 허위에의 과감한 도전, 허상을 내려치는 결단, 아집과 독단에 찌든 과거의 자신과의 명쾌한 결별 없이는 그 무엇도 이루어내지 못함을 이르는 단말마의 호령이 아닐까?

수행에 있어서 수도사들의 침묵이 신의 소리를 듣기 위한 인간의 가장 겸손한 자세라면 불교에 있어서의 침묵, 혹은 묵언수행은 올바른 자기 자신을 들여다보기 위한 적극적인 몸짓이다. 그것은 자연의 무위無爲, 즉 아무 것도 하지 않는 것처럼 보이면서도 정해진 이치와 법칙에 따라 위대한 질서를 유지하고 끊임없이 창조적인 활동을 영위하는 것을 이르는 말일 것이다.

수행의 방법은 참으로 다양하다. 그러나 모든 것에는 그 뿌리가 있듯이 수행의 가장 기초적이고 근원적인 방법으로는 침묵이라고 나는 강조하고 싶다. 그것은 소리로부터 격리되는 것이 아니라 잡음으로부터의 해방임과 동시에 고요한 입구에의 다다름이다.

가장 적극적인 수행이자 가장 고통스럽지만 가장 자유로운 수행인 것이다. 하물며 말이 가지는 이중성이나 편협한 정의의 기능으로 볼 때, 그 한계를 쉽게 극복하는 것이 침묵인 것이다.

그것은 안으로의 울림, 진정한 자아의 목소리를 듣는 것이다. 진정한 자아가 허위의 자아에게 다가가 조용하게 그 경계를 허물고 포용하는 것이다.

그래서 거기에는 우레와 같은 울림이 있어 나를 둘러싼 가식의 벽이 허물어져 내리는 것이다.

나는 그 소리를 듣기 위해 오늘도 눈을 감는다.

그것은 동서양에 있어서도 하등 다를 바가 없는 듯하다.

고요하지 않으면 절대로 깊어지지 않는다.

마음속의 부처님

금으로 만들어진 부처는 용광로를 견디지 못하고,
나무로 만들어진 부처는 불을 지나지 못하고,
진흙으로 만들어진 부처는 물을 건너지 못한다.

金佛不度爐, 木佛不度火, 泥佛不度水

조주 스님의 말씀입니다.
형상에 집착하지 말라는 말씀이라는 것은 삼척동자도 다 알 것입니다.
문자에 집착한다는 것은 더더욱 얼마나 어리석은 일인가를 경계하는 경구일 것입니다.
금강경오가해에도 이와 비슷한 내용의 말씀이 있습니다.

진짜 부처는 마음속, 보리수 아래에 앉아 계시다.

眞佛內裏座菩提

그렇다면 이런 말씀은 어떨까요?

목불을 태워 사리나 얻어 볼까!

세상을 살아가면서 진정한 깨달음을 얻고 궁극의 부처님이 된다는 믿음으로 하루하루를 지탱할 수 있다면 그 신실함으로 인해 늘 새로운 에너지를 스스로에게서 공급받을 수 있을 것이라고 나는 믿습니다.

그러나 그것은 너무나 어려운 일입니다.

그래서 문자에 의지하지 말고 말에 의지하지 말고 오직 행동으로 옮길 것을 선현들께서 강조하셨을 것입니다.

화두와 공안에 의지하여 꾸준히 수행하는 것도 중요할 것이지만 그것도 아니라면 나는 내가 스스로 부처라고 생각하는 것도 좋은 방법 중의 하나라고 생각합니다.

이 방법을 생각한 것은 간단합니다.

지향하는 바가 분명하고 간절하고 진정으로 원한다면 발원을 하는 그 순간부터 반은 이루어지지 않을까, 시작이 반이라고 했는데, 그래서 진심을 다해 소중한 뜻을 가슴에 품고 부처님의 명호를 부르거나 염송을 한다면, 조금씩이라도 부처님의 땅으로 접근할 수 있지 않을까, 그런 소박한 생각을 하게 된 것입니다.

하루에 한 순간이라도 생각을 멈추지 않고 꾸준하게 정진하고자 하는 그 지난한 마음만이 수행의 가장 초보적인 요체가 아닐까요?

성실하게 사는 사람들의 특징 중의 하나가 하루를 돌아보고 반성할 것은 반성하고 권장할 것은 권장하는 그런 사람들입니다.

자신을 자신의 일기장에 가장 잘 기록하는 사람이라는 뜻이지요.

어린 아이들이 늘 일기를 쓰는 것이 문장을 잘 쓰게 하는 뜻도 포함

되어 있기도 하지만 하루를 돌아보고 자신의 잘못이나 그릇됨을 살펴 보라는 깊은 뜻이 숨어 있는 이치와 같을 것입니다.

선가禪家에서 전해지는 조고각하照顧脚下가 바로 그 말의 바른 지적일 것입니다.

그런 다음에 행하는 선행의 행실이 그 생각을 뒷받침할 것입니다.

송광사의 큰 스님이셨던 구산九山 큰스님은 소나무를 감싸고 올라가는 칡넝쿨을 칼로 잘라주시며 나무가 잘 자라게 세심하게 배려하셨다고 합니다. 그리고 칡넝쿨에 대고는 합장하시며 이렇게 말씀하셨다고 합니다.

"성불해라!"

구산 큰스님께서는 길 위에 구르는 돌멩이 하나도 치우시며 모든 것은 제자리에 있어야 한다며 몸소 길을 쓸고 닦으셨습니다.

그리고 말씀하셨습니다.

"성불해라!"

실천은 사소할수록 가치가 있습니다.

거창한 실천은 우리가 하지 않아도 이미 괜찮습니다.

사소한 실천이 쌓이고 쌓이면 거대한 실천은 이미 이루어져 있을 것입니다.

누가 부처를 보았다고 말할 것입니까?

부처는 이미 우리 곁에 있을 것입니다.

우리가 미처 보지 못했고 깨닫지 못했을 뿐입니다.

우리 마음의 깊은 곳에 부처님은 이미 자리하고 계십니다.

내가 진정 내 마음의 주인공이 될 때, 비로소 부처님은 우리 앞으로 그 모습을 나투실 것입니다.

수심수신 修心修身

조주 스님께서 공양간의 채두 소임을 맡은 스님께 물었다.
"오늘은 생채를 먹느냐, 익힌 것을 먹느냐?"
채두가 채소 한 줄기를 들어 올리자 스님께서는 말씀하셨다.
"은혜를 아는 자는 적고 은혜를 저버리는 자는 많다."

조주록의 한 구절이다.

스님의 말씀의 궁극적인 뜻이 무엇인지는 몰라도 스님의 마지막 말씀의 그 표면적인 내용만으로도 늘 머리를 떠나지 않는다.

세상살이가 그만큼 어렵다는 뜻이 포함되어 있기도 하고, 갈수록 중노릇하기가 쉽지 않다는 나름의 경계가 풀어져버려 푸념이 되어버린 지금, 그 말씀이 죽비가 되어 어깨를 때리는 것 같다. 마음을 닦는 것이 어디 하루, 이틀에 해결될 일이 아님을 잘 알면서도 서두르는 것을 보면 그 모습이 마치 똥마려운 강아지 꼴이다.

바쁠수록 돌아가라고 했던가, 문득 이런 생각을 했다.

초발심시 변정각
初發心時 便正覺

처음으로 먹은 그 마음이 곧 정각을 이룬 것과 같다는 말이 아닌가? 초발심의 그 지고지순한 상태가 그대로 유지만 되어도 성불은 결코 어려운 일이 아닐 것임을 세월의 무게를 느껴본 사람은 안다. 시간이라는 것이 거저 주어지는 것이 절대 아님을 아는 것도 쉽지가 않다. 그것을 물과 공기의 그것처럼 안이한 상태로 인식을 하는 순간 해탈의 길은 멀고도 멀다. 이 얼마나 단순하면서도 무서운 진리인가!

내가 오래 몸을 담았던 군위 인각사의 입구에 새겨진 일연 스님의 시는 이런 사실을 극명하게 깨우쳐주고도 남음이 있다. 일연 스님과의 나의 인연은 참으로 깊다. 천 년의 세월을 뛰어넘어 나를 질타하고 일으켜 세우신다.

즐겁던 한 시절 자취 없이 가버리고
시름에 묻힌 몸이 덧없이 늙었노라
한 끼 밥 짓는 동안 더 기다려 무엇하리
인간사 꿈결인 줄 내 이제 알았노라.

오래전에 읽은, 보문 스님이 속리산 법주사에서 남기신 불같은 법담의 교훈 이야기는 아직 가슴에 고스란히 남아 있는데, 나날이 팍팍해져 가는 스스로를 보면서 나름의 극약처방을 서두르지 않을 수가 없다.

근기의 수승함을 따지기 이전에 제대로 법담 한 마디 주워 담을 그릇 하나라도 제대로 준비했는가를 스스로에게 따지지 않을 수가 없다.

"진정으로 속세로부터 떠나고(俗離), 부처님의 정법에 안장하고(法主), 불보살의 시은에 보답하는(報恩) 사람이 누구입니까?"

경주 남산을 순례하고 있을 때 해설을 하여 주시던 남산지킴이 교수님의 설명 또한 오래 가슴에 남는다.

"신라의 석공들은 한결같이 자신들이 부처님의 상을 조각하지 않았다고 합니다. 자신들은 그저 바위 속에 들어계셨던 부처님을 밖으로 드러낸 것밖에는 한 일이 없다고 말입니다. 자신들의 능력으로는 이런 모습을 현현할 능력이 없었다는 것입니다. 가히 신라의 땅이 불국토가 되고도 남음에 거리낌이 없었던 것은 이런 석공들의 노력, 장삼이사張三李四의 이름 없는 사람들의 신심이 집결되었기에 가능했을 것입니다. 그들의 겸손은 겸손 이상의 것이라고 나는 생각합니다. 그들은 세상에 출현한 부처님을 직접 뵌 고귀한 인연의 사람들입니다. 경주 남산이 성역화 되어야 할 이유가 반드시 거기에 있습니다. 이런 인연은 세대를 뛰어넘어 지속적으로 유지가 되어야만 합니다. 반듯하고 고귀한 정신은 유전자로 이어지는 보이지 않는 유산입니다."

석공의 겸손한 신심이 이러할진대 그 시대를 이끈 스승들의 의지는 어떠하였겠는가?

어느 시대를 불문하고 뛰어난 선각자들이 있어 그 시대의 등불을 밝혀준다. 참으로 고마운 일이다. 앞에 서서 인도하지 못한다면 뒤에서 그 뜻을 받들고 의지에 동참하여 만법으로 번져나가는데 티끌만한 힘이라도 보탠다면 그 일 또한 의미가 적지 않을 것이다. 공덕의 크고 작음은 이미 중요하지가 않다는 말이다.

공덕 또한 동전의 양면성과 같아서 그 공덕에 취하는 순간 이미 그 공덕은 죄악이 되고 만다는 것을 누누이 강조하는 것은 그만큼 수행의 과정이 어렵다는 것을 보여주는 것이라 생각이 된다. 그래서 백 번의 베품을 자랑하지 말고 한 사람의 원수도 만들지 말라고 하지 않았을까 짐작이 된다. 이토록 바른 마음가짐이 어려우니 닦아도 또 닦아야함의 중요성은 아무리 강조해도 지나침이 없을 것이다.

그리하여 마음과 몸의 밭을 닦아 자신만의 고요한 경지에 도달하는 것이 바른 수행의 결과를 증득하는 것이리라. 나는 이 땅의 수행자로서 수행은 물론 전법의 의무까지 지고 있다고 엄숙하게 생각하고 있다,

그러나 마음닦음의 수행은 하루가 멀다하고 그 길이 천 길 만 길로 뻗어있음을 직시하게 된다. 그것은 수행자의 고통이자 즐거움이다.

문수보살의 물음에 답하는 목수보살의 게송은 참으로 아름답고 상쾌하다. 화엄경 보살문명품에 나오는 구절이다.

이를테면 대지는 하나인데
씨앗에 따라 저마다 다른 싹을 틔우듯이
부처님의 복의 밭도 그와 같아서
거기에는 원친怨親이 없다

물은 한 가지 맛인데
그릇으로 말미암아 차별이 있듯이
부처님의 복의 밭도 그와 같아서
중생의 마음 따라 다르다

뛰어난 요술쟁이가

여러 사람을 즐겁게 하듯이
부처님의 복의 밭도 그와 같아서
중생들을 공경하고 즐겁게 한다

재주와 지혜를 갖춘 왕이
백성들을 기쁘게 하듯이
부처님의 복의 밭도 그와 같아서
중생들을 다 안락하게 한다

깨끗하고 밝은 거울이
빛을 따라 그림자를 나타내듯이
부처님의 복의 밭도 그와 같아서
마음 따라 과보를 얻게 한다

이를테면 아가다약이라는 해독제가
모든 독을 능히 치료하듯이
부처님의 복의 밭도 그와 같아서
온갖 번뇌와 근심을 소멸시킨다

태양이 돋을 때
세상을 환하게 비추듯
부처님의 복의 밭도 그와 같아서
여러 가지 어둠을 골고루 없애 준다

밝은 보름달이

대지를 두루 비추듯이
부처님의 복의 밭도 그와 같아서
온갖 곳에 고루 평등하게 비추어준다.

나는 가끔씩 절대고독과 절대고요에 대해 생각을 하곤 한다.

명확하게 사람의 언어로는 설명하기가 쉽지 않을 것이다. 그러나 그것이 지향하는 바를 어느 정도는 알 것도 같다. 다만 상대로부터의 단절과 반응에 대해 유심히 지켜보고 있다. 여기서 많은 어려움에 봉착하게 되었는데, 위의 목수보살의 게송은 아주 명쾌하고 단순하게 문제해결의 단초를 제공해 주었다. 다만 결론은 단순한데 그 과정에서의 치열함을 간과하는 우를 범하지 않기 위해 더욱 머리끈을 졸라매고 있다.

비장한 마음으로 삭발을 하고 고요의 중심으로 내려앉아 마음밭 가꾸는 일, 어쩌면 그것은 집앞의 채마밭을 가꾸는 일과 별반 다름이 없다. 다만 나의 업, 마음의 소음을 재우는 일이 시급하다. 그것을 아직 잡아채지 못함이 오늘 나의 남겨진 잔업殘業이다.

내가 걸은 길

만해 스님께서 스승 경허 스님에 대한 추억을 떠올리며 쓰신 이런 글을 읽은 적이 있다.

어느 날 한 스님이,

"옛 사람이 이르기를 얼굴을 움직이며 옛길에 드날려 맥없는 기틀에 떨어지지 않는다 했으니 어떤 것이 옛길입니까?"

하고 물으니 경허 스님이 이렇게 답했다.

"옛길이 둘이 있으니 하나는 평탄한 길이고 하나는 험한 길이다. 어떤 것이 험한 길인가? 가야산 아래 천 갈래 길에 거마가 때때로 왕래한다. 어떤 것이 평탄한 길인가? 천 길 절벽 사람이 올라갈 수 없는 곳에 오직 원숭이가 나무에 거꾸로 매달려 있도다."

또 여름날 해제 날 법좌에 올라 이렇게 말했다.

"동산(스님)이 말하길 '초가을 여름 끝에 형제들이 동쪽으로도 가고 서쪽으로도 가지만, 모름지기 만 리에 풀 한포기 없는 곳을 향하여 가거라'고 했다. 허나, 나는 그렇지 않아서 초가을 여름 끝에 형제들이 동쪽으로도 가고 서쪽으로도 가지만 모름지기 길 위에 핀 잡초들을 일일이 밟고 가야 옳다고 말한다. 그러니 동산의 말과 나의 말이 같은가, 다른가?"

나는 몇 년간 절의 소임을 맡은 것을 제외하고는 평생을 걸었다.

아직도 그것은 진행 중이다.

외람되게도 두 선현의 말씀을 인용하는 것이 과분한 표현이기는 하지만 나의 길을 돌아봄에 있어 나의 심정을 그대로 표현해 주신 것 같아서 울컥 가슴이 뜨거워지는 것도 솔직한 심정이다.

나는 길을 따지지 않았다. 험하거나 평탄하거나 그런 문제는 이미 길 위에 있는 존재인 이상 문제가 되지 않았다. 동쪽이나 서쪽의 방향개념은 더더욱 없었고 길 위의 잡초의 유무는 마음에도 두지 않았다.

다만 경허 스님의 말씀이나 동산 스님의 말씀에서 어렴풋하나마 무엇인가 짚이는 것이 있어 뒤늦은 후회와 더불어 그 운수행각의 의미를 제때 잡아내지 못한 미련함에 스스로에게 무안할 지경이다.

그러나 나는 다만 걸었다. 화두에 집중하고 마음에 집중했다.

나의 도반은 별빛과 달빛, 바람과 강물, 발에 밟히는 질경이와 길가의 쑥부쟁이, 미루나무와 소나기, 들판을 하얗게 지우며 기억까지도 지워버릴 듯 내리는 눈발이었다.

풍경으로서의 산하山河는 아름다웠지만 노동의 현장으로서의 그것은 고통의 배경이었다. 우리가 사는 세상은 과연 고해苦海의 이름으로 명명命名된 허황한 신기루인가, 우리가 추구해야 할 가치가 무궁무진하게 내재內在된 희망의 신대륙인가? 그것은 나 하나의 발원으로 해탈

될 정도로 작은 우주인가? 인간의 한시적인 수명으로 아무리 닦는다한들 영원한 자유와 생명은 과연 획득이 되기나 할까?

나는 모든 것이 궁금한 작은 한 마리의 짐승이거나 혹은 미약한 날개를 가진 나비가 되어 파닥이며 길을 걸었다. 돌에 채여 생긴 생채기는 몇 날을 발목을 잡았고, 갑자기 내린 폭우로 인해 날개는 젖고 길은 묶이기 일쑤였다.

그러나 나는 즐거웠다. 물론 자기 자신을 위한 여행에는 희망보다는 고통이 더 많이 따른다는 것을 모를 만큼 미련하지는 않았다. 고통을 사랑하지 않고 운명을 사랑하지 않고는 진정한 여행을 떠날 자격이 없다는 것, 그것은 죽음을 각오하고 자기 자신의 끝까지 가보는 것, 미래는 물론 과거에까지 이르는 여행이라는 각오를 하지 않으면 별 의미가 없다고 나는 생각했기 때문에 하루하루의 고통이 그렇게 상쾌할 수가 없었다.

걷는 것에 몰두하다 보면 가끔 공양은 물론 잠자리를 마련하지 못하고 해맬 때가 간혹 있기도 했다. 그러면 그런 대로 다 방법이 떠오르고 해결이 되는 것이 여행자의 방식이고 순례자의 삶이다. 탁발을 하지 않고도 떠돌아다니는 것은 쉽지 않은 일이다. 그야말로 굶기를 밥 먹듯 해야 한다. 그러다보니 최소한의 에너지로 얼마를 버틸 수 있고 얼마나 걸어야 그 한계가 오는지를 저절로 터득할 수 있는 몸의 지혜를 알게 된다.

좋은 기도처를 만나면 원 없이 절과 기도를 하면서 수행을 한다. 그것도 쉬운 일이 아니지만 그렇게 그것이 수행인 동시에 휴식이 된다. 또 다시 길을 떠날 때면 그때마다 아는 도반들이나 신도들이 요긴한 도움을 주시는데, 꼭 필요한 만큼의 돈과 식량이 생기는 것이 가히 부처님의 가피가 아닐 수 없었다. 그 중에서도 혜담 스님의 마음 씀씀이를 잊을 수가 없다.

갑자기 비가 내릴 때 만나는, 일제시대 때 구축해 놓은 방공호의 반가움, 거기서 편안한 마음으로 바라보는 비 내리는 마을의 풍경은 살갑기만 하다. 길을 잘못 들어 어두워졌을 때 만나는 행여집, 몇 단의 짚단만 있으면 그 구수하고 푸근한 느낌은 고향집의 그것과 크게 다를 바가 없었다. 깨어진 슬레이트 지붕 사이로 보이는 달빛과 별빛은 고즈넉하기만 했다.

그때의 느낌과 마음은 내가 쓴 졸작의 시에 그대로 남아 있다.

앞산 너머
떠나는
님을 좇아
따라갔더니

서산 마루턱은
붉은 해 걸치고

뒷동산 저 너머엔
어느새
달이 올라 섰네

— 졸시 〈그리움〉 전문

바람결에 밀려오는
그대 모습

산천초목山川草木이 되어
기다리는 나

보이는 듯 하다가
바람결에 멀어져가는
너의 모습
붙잡을래야 붙잡을 수 없는
널
그리며

다른 때 다른 모습으로
다시 오리라 마음 다지고

나 또한
허공 모습으로 가리라

—졸시 〈기다림 2〉 전문

이 시에 등장하는 낱말들과 인물들이 수행의 고통과 절대자에 대한 간절한 염원, 나약한 인간의 모습, 그것을 극복하려는 치열한 의지의 표현 따위의 사족蛇足으로 변명하고 싶지는 않다.

다만 〈나 또한/ 허공 모습으로 가리라〉는 의미는 망각하고 싶지가 않다. 그것은 부단한 의지에의 확신이자 끝없는 용맹정진의 간곡한 표현이라고 나는 의미를 부여하고 싶다.

시인 랭보는 진정한 여행은 돌아오지 않는 것이라고 했고 그는 결국 자신의 여행에서 돌아오지 않았다. 여행을 떠난 나는 아직 돌아오지 않았다. 영원히 돌아오지 않을 여행일지도 모르지만, 그러나 그것이 여전히 진행 중임이 나는 즐겁다.

좀 더 아파야 하리라.

길 위의 사람들·1

도심의 포교원에 있으면 참으로 많은 사람들을 만난다.

원래 나는 체질적으로 사람들이 많이 북적대는 곳이 익숙하지가 않다. 그렇다고 산속에 웅크리고 앉아 오로지 참선에만 몰두하는 성격도 아니다. 다만 산에서 조용히 그림자처럼 자기를 응시하고 산책을 하면서 몰입을 하는 참선을 한다. 행선行禪을 즐긴다면 바른 지적이랄까, 고요히 움직이고 움직이는 가운데 중심을 잡으려 노력하는 편이다.

물론 젊은 시절부터 많이도 돌아다니며 무던히도 자리를 잡으려고 해보았지만 몸속의 유전인자가 그것을 거부하는 모양이었다. 한곳에 오래 머무는 것은 아무래도 나의 운명은 아닌 것은 확실한 듯하다.

그런 나도 잠시 몸을 잘 돌보지 못해 잠시 쉴 때가 있었다. 혈기왕성함만을 믿고 무작정 떠돌아다니다 보니 탈이 난 것이었다. 이런 사정을 전해들은 한 사형 스님이 자리를 하나 물색해 주었다. 서울 도심에 있는 포교원이었다.

도시는 소음으로 시작된다.

사람의 대화나 고함소리는 아무 것도 아니었다. 우선 지나가는 차량의 소리에 기겁을 하게 된다. 새벽부터 밤늦게까지 지하철이 지나가는 소리가 지축을 울리며 건물을 통해 울려온다. 그리고는 종일 시끄러운 것이다. 몸이 균형이 깨어져 약간의 탈이 나서 잠시 쉬며 원기를 회복하면 그만일 아무리 자질구레한 나의 병이었지만 오히려 그것이 도질 지경으로 소음에 적응하지 못한 나로서는 괴롭기가 이만저만이 아니었다.

그래도 밥값은 해야 할 처지이다 보니 사형 스님께서 맡긴 약간의 소임과 업무에 열중하다보면 낮에는 그래도 견딜만했다. 많은 사람은 아니었지만 약속도 없이 들이닥쳐 이것저것 물어보거나 부탁을 하는 사람을 비롯하여 소소한 법회나 법담의 자리 정도가 나의 할 일이었다. 그리고 나머지 시간에는 밀린 책을 읽거나 청소를 하곤 했다. 그래도 시간이 남을라치면 근처의 상가나 시장을 구경한다거나 대학로나 종로거리를 어슬렁거리며 그야말로 서울구경을 하곤 했다.

문제는 밤시간이었다. 과연 서울은 그 메트로폴리탄다운 위용을 뽐내며 아주 늦은 시간이 되기까지는 쉽게 잠드는 법이 없었다. 낮의 소음에 더해 밤의 찬란한 조명은 그것에 적응하기까지는 정말 곤혹스런 광경이었다. 그리고 사람들은 너무나도 바빠 보였고 오히려 그것을 즐기는 듯이 느껴졌다.

간단한 저녁예불과 공양을 마치고 별 다른 일이 없으면 나는 으레 옥상으로 올라가 서울의 야경을 힐끔거리거나 밤하늘을 쳐다보다가 법당으로 내려오곤 했다. 단조로운 일상의 연속에서 그나마 하늘을 올려다보는 그 망연함에서 나름의 위안을 찾고는 했다. 그러나 어디 하늘에는 별이라도 있었던가? 매연에 찌든 뿌연 달과 듬성듬성 버짐이 핀 듯 몇 개의 마른 별들뿐이었다.

그날도 마찬가지로 옥상에 올라 평상처럼 생긴 앉을 거리에 앉아 하늘을 쳐다보며 독경을 흥얼거리거나 이리저리 서울의 불빛을 바라보며 생각에 잠겨 있을 때였다.

"안녕하세요, 스님!"

고개를 돌려보니 계단을 오르내리며 몇 번 얼굴을 부딪친 적이 있는 삼십대 초반의 보살이었다. 그 보살은 1층에 있는 일식집의 종업원이었다. 내가 인사를 받기도 전에 그녀는 내가 앉아있는 평상의 가장자리에 살포시 앉았다.

"스님이 계신 줄은 몰랐네요. 저는 가끔 손님이 없는 시간에 여기에 올라와 잠간씩 쉬거든요. 방해가 된 건 아니죠?"

피곤한 얼굴이지만 밝은 표정으로 그녀가 묻는다.

"잠간 쉬는 시간의 공간을 제가 먼저 점령했으니 오히려 제가 방해한 셈이 아닌가요?"

오히려 미안한 표정을 지으며 대답하는 나의 말에 그 보살은 피식 웃는다. 그리고는 자연스럽게 주머니에서 담배를 꺼내서 무는 것이었다.

"제가 시간이 많지 않아서…… 금방 한 대만 피울게요."

말로만 동의를 구할 뿐 거침없이 담배에 불을 붙인 그녀는 길게 연기를 내뿜었다. 그 모습은 참으로 피곤해 보였지만 웬일인지 나는 그녀의 모습에서 당당함이 묻어나온다는 느낌을 지울 수가 없었다. 그리고는 이내 씁쓸한 기분이 밀물처럼 밀려들었다. 그런 생각을 하며 잠시 머뭇거리며 앉아 있는데 불쑥 그녀가 내게 물었다.

"어떠세요, 스님은? 사는 것이요?"

누구라도 모르는 사람이 이렇게 묻는다면 당황하지 않을 수 없을 것이다. 나 역시 예외는 아니었다. 그러나 그녀가 묻는 질문의 내용이

미루어 짐작하여 모르는 바가 아닐지라도 뜬금없이 곧바로 대답이 튀어나올 리도 만무하지만 이런 자리에서의 당돌한 질문에는 반드시 함정이 있기 마련이라고, 그래서 신중한 대답이 필요하다고, 더더욱 원론적인 대답이 필요하다고 나는 생각했다.

"글쎄요, 스님이라고 보통의 사람들과 크게 다를 바가 있겠습니까? 다 그렇고 그렇겠지요. 제각각 사는 곳이 다른 것처럼 다만 길을 가는 방법이 조금씩 다를 뿐, 도착하는 곳은 같지 않을까 싶네요. 어떻게 해야 잘 살 수 있나를 아직 몰라서 이러고 있으니 오히려 보살께서 더욱 열심히 사시는 것 같습니다. 허허!"

"그런가요?"

그녀는 약간은 비웃는 듯한, 이해한다는 듯한 표정을 지으며 나를 물끄러미 건너다보았다. 그리고는 피우고 있던 담배를 손가락으로 튕겨 구석으로 버리는 것이었다.

나는 순간 약간의 불쾌함으로 마음이 언짢아졌지만 내색을 하지 않고 자리에서 일어나 그 꽁초를 주우러 갔다. 그녀가 깜짝 놀라 일어나며 자기가 줍겠다며 나를 만류했다. 그러나 나는 괜찮다며 꽁초를 재빨리 주워서 휴지통에 버렸다. 그리고는 말했다.

"오늘 내가 보살을 위해 해줄 수 있는 것이 이것밖에 없군요. 열심히 공부하리라 약속하겠습니다. 마음에 담아두지 마시오. 허허!"

"어머, 정말 미안해요, 스님! 다시는 안 그럴게요, 스님!"

"어허, 마음에 담아두지 말래도 그러네요!"

어쩔 줄 몰라 하는 표정을 지으며 그녀는 나를 건너다보았다. 나는 웃으면서 그녀를 쳐다보았다.

"함부로 물건들을 버리지 말아요. 조금전까지만 해도 보살의 입에서 잠시의 피곤을 덜어주던 친구가 아니었던가, 이 담배가?"

그리고 마지막으로 한마디를 더 덧붙였다.

"그리고 자신의 순간적인 판단의 실수로 인해 사람들로부터 꽁초처럼 버려질 수도 있다는 사실을 항상 기억하세요!"

길 위의 사람들·2

밤이 늦은 기차역은 바람만 스산하다.

나는 그런 풍경이 좋다.

떠나기를 기다리는 시간, 조금의 아쉬움과 초조함, 사위어가는 불빛들, 그런 것들의 풍경이 마냥 즐겁다.

약속한 것은 아니지만, 그리고 누군가가 기다리고 있는 것도 아니지만 떠나기 위해서 기차를 기다리며 광장에 앉아 오고가는 사람들을 망연히 지켜보는 것도 공부의 한 방법이라고 나는 가끔씩 생각했다.

사람들의 온전한 실체를 가늠할 수는 없지만 비록 껍질일 뿐이라도 그들의 한 단면을 지켜볼 수 있다는 여유를 가지는 것, 그리고 아득한 연민에 젖어 있으면 수행이 왜 금생에서 이루어야 할 일인가를 느끼며 나름대로 용맹정진에의 결기를 세우기도 하기 때문이다. 아울러 그래서 왜 늘 초심(初心)이 중요한가를 또한 느끼기도 하는 것이다.

눈 푸른 납자라는 말에서 느껴지는 스스로에의 외경심畏敬心, 그렇다, 하심下心은 중용中庸이라고 나는 배웠기 때문이기도 하리라.

너무 오래 된 일이라 용산인지 청량리인지는 정확하지 않으나 한 아가씨를 만난 일은 기차를 타러 역에 올 때마다 기억이 난다.

그날도 마지막 기차를 타기 위해서였다. 마지막 기차를 타면 목적지에 새벽에 도착해서 일찍 길을 나설 수 있으므로 나는 가능하면 그렇게 시간을 정했다.

밤으로의 긴 여행, 그것은 우리가 전혀 모르는 미래를 향해 걸어가는 삶의 행로와도 너무도 비슷했다. 기차는 목적지가 있다고는 하지만 사람의 인생의 목표와 결과는 아무도 모르는 것처럼 말이다.

행위는 있지만 결과는 모른다, 다만 그 현실에 충실해야 한다는 방법만 알고 있을 뿐!

이처럼 삶의 명제는 간단하고 명료하다. 그러나 간단하지가 않다. 수없이 발생하는 예측할 수 없는 선택과 갈망의 나날들, 다시는 돌아올 수 없는 시간의 미로에 발을 내딛는 것, 오직 책임은 나 혼자만의 몫, 선행을 하기에도 모자랄 시간에 엉뚱한 생각과 행동으로 자신의 삶을 오염시키고 있다는 사실을 아는 지 모르는 지 무작정 나아가는 그 무모한 동선動線, 울다가 웃다가 문득 지쳐있는 자신을 발견하고는 허무한 웃음으로 가슴의 멍우리를 쓰다듬을 때의 잔잔한 비애悲哀, 웃는다고 그게 정말 밝은 웃음일까 싶을 때, 갈 길은 아직 멀기만 한데 해는 지고 있을 때…….

밤은 깊어도 새벽은 온다고는 하지만 그것이 진정한 인간의 새벽일까? 새벽이라는 가능성으로 오늘의 모든 것이 해결이 될 수 있을까? 뜨거운 태양이 작열하는 오후의 언덕을 넘을 때의 고통, 차가운 물 한 그릇에의 간절한 갈망…….

"스님, 술 한 잔만 사주세요!"

이런저런 생각에 잠겨 자리에 앉아 있던 나는 깜짝 놀라 고개를 들었다.

스무 살 중반의, 그러나 진한 화장으로 인해 정확하게는 나이를 짐작할 수 없는 아가씨가 생글생글 웃으며 나를 내려다보고 있었다. 당황하지 않을 수가 없었다. 아가씨는 스스럼없이 내 옆자리에 앉았다. 화장품 냄새가 약간의 술냄새가 풍기고 있었다.

"스님은 술 안 하세요? 간단하게 술 한 잔 어때요? 술을 하신다면 제가 한 잔 사드리고요."

맹랑한 아가씨였다. 나는 허허 하고 웃고 말았다.

"술은 안 합니다만, 제가 한 잔을 사드리지요. 술집에 갈 형편도 안 되는 몸이니 저기 가서 술을 좀 사오시지요."

나는 주머니에서 주섬주섬 삼 천원을 꺼내 아가씨에게 건네려 하였다. 그러자 아가씨는 완곡히 거부를 하며 자기가 사오겠다며 쪼르르 가게로 뛰어가는 것이었다. 발자국 소리가 유난히 또렷했다. 가슴 시린 풍경이었다.

"드세요, 스님!"

가게에서 돌아온 아가씨는 주머니에 들어갈 만한 작은 술 한 병과 음료수 한 병, 그리고 과자 한 봉지를 신문지 위에 펼쳐놓았다. 호객을 하러 나왔다가 내가 눈에 띈 모양이었다. 깨끗한 잠바를 걸치고 있었지만 표정이 파리해 보였다.

세상은 추운 곳이라는 생각이 문득 들었다.

"스님은 지금 어디 가세요, 이 늦은 시간에?"

"아는 사람을 좀 만날 일이 있는데, 벌써 시간이 이렇게 늦었네요, 글쎄. 시간약속을 한 것은 아니지만 이렇게 떠나는 게 좋아서 그렇습니다."

술 한 잔을 마신 아가씨가 빤히 내 얼굴을 건너보며 이렇게 물었다.

"약속을 정한 것도 아닌데 지금 시간에 기차를 타신다고요? 떠나고 싶을 때 떠나는 거네요. 참 편하게 사시는 것 같아요, 그렇죠?"

"그렇게 보면 그럴 수도 있고 정작 또 그렇게 편안하지만은 않아요."

"무슨 대답이 그래요, 스님?"

"사실이 그런 걸요, 뭐!"

무작정 호객행위를 한다거나 요란스럽게 굴지 않는 아가씨가 나로서는 너무도 고마웠다. 그리고 진한 화장을 했지만 눈빛만은 그렇게 나쁘지 않은 아가씨였다.

"스님은 다시 돌아오시나요?"

"그건 정확하게 말할 수가 없네요. 마땅하게 거처를 정해 놓은 곳이 없어서요. 일이 생기면 움직이고 필요하면 가지요."

아닌 밤중의 홍두깨라더니 어설픈 심야의 법담이라면 과한 표현인가. 아가씨의 뜬금없는 질문과 나의 생뚱한 대답한 그 뒤로도 몇 마디 더 이어졌다. 너무 심각한 표정의 아가씨에게 함부로 농담을 할 수도 없는 입장이었다.

시간이 다 되어 주섬주섬 어깨짐을 챙기는데 던진 아가씨의 마지막 말이 아직도 귀에 남아 있다.

"저도 스님이 될 수 있을까요?"

나는 짐을 챙기다 말고 낮에 읽다 접어둔 책을 꺼냈다. 그리고 눈여겨 보아두었던 한 페이지를 펴고는 거기에다 삼 천원을 포개어 접어서 그 아가씨에게 건넸다.

"내가 대답할 문제는 아닌 것 같아요. 다만 아가씨의 마음이 문제겠지요. 스님이 되지 않고도 훌륭한 사람이 많다는 것은 확실해요. 내가 아까 낮에 읽던 책인데, 그 접은 부분이 도움이 될까 모르겠어요."

그리고는 나는 개찰구를 향해 빠르게 걸어갔다.

광장의 어둠이 더욱더 짙게 느껴졌다.

슬픈 사람들의 어둠은 상대적으로 더욱 어두운 법인가 보다. 그리고 과연 누가 더 슬픈 사람인가?

나는 이렇게 생각하며 분주하게 기차에 올랐다.

그리고 그 책의 접힌 부분에는 이렇게 쓰여 있었다.

부처님께서 어느 날 길을 가고 계셨다. 그때 당시의 인도사회의 최상급 계급인 바라문의 한 사람이 부처님 앞으로 나섰다. 그리고는 자신의 혈통과 가계를 자랑스럽게 이야기했다.

부처님이 그에게 물었다.

"그대의 가계는 윗대로 수없이 거슬러 올라갔을 때 그때도 고귀한 집안이었는가? 그대들이 고귀하다고 해서 살인과 도둑질을 해도 형벌을 받지 않는가?"

바라문은 아니라고 대답했다.

그러자 부처님께서 말씀하셨다.

"사람은 태어날 때부터 고귀하거나 천박하지 않다. 나는 고귀한 행위를 한 사람을 고귀하다고 한다. 나는 천박한 행위를 한 사람을 천박하다고 한다. 나는 출생을 묻지 않는다. 다만 행위를 묻는다."

나는 그 행위라는 말에다 굵게 방점傍點을 찍어두었다.

기차를 타고 내려가는 어두운 차창으로 파노라마처럼 스쳐지나가는 하나의 이야기가 떠올랐다. 참으로 파란만장한 삶을 산 한 여인의 이야기이다. 인생의 굴곡이란 굴곡과 온갖 평지풍파를 혼자 다 떠맡다시피 그 여인의 이야기는 자못 충격적이기까지 했다. 잘 꾸며낸 소설이라도 이보다는 더하지는 않으리라 나는 생각했다. 현우경의 미묘

비구니품에 나오는 이야기에 이해를 돕기 위해 약간의 각색을 첨가한다. 다소 장황하지만 그 역전의 아가씨의 인생을 생각하며 찬찬히 옮겨 본다.

지혜의 눈을 떠서 아라한이 된 미묘 비구니는 자신이 겪은 기구한 인과관계에 대해서 사람들에게 말했다.

"나는 원래 어떤 바라문의 딸로 태어났습니다. 아버지는 나라 안에 널리 알려질 만큼 덕이 높은 분이셨습니다. 이웃에 다른 바라문이 살고 있었는데, 그 집의 아들이 인자하고 총명했습니다. 나의 미모에 끌린 그와 나는 가정을 이루었습니다. 나는 아들을 낳았습니다. 그 후로 시부모님이 잇따라 돌아가시고 말았습니다.

나는 둘째 아기를 가졌습니다. 남편과 의논하여 친정으로 가서 해산을 하기로 했지요. 친정으로 가던 도중에 갑자기 진통이 와서 곧 나무 아래에 자리를 펴고 해산을 하기로 했습니다. 그날 밤으로 나는 아기를 낳았습니다. 그런데 조금 떨어진 곳에서 곤히 잠이 든 남편을 그만 독사가 물어 죽였습니다. 나는 이런 사실을 조금도 몰랐습니다. 새벽녘에야 일어나 남편을 깨우러 갔을 때 그 사실을 알았습니다. 죽어있는 남편을 보고는 기절을 하고 말았습니다.

아버지가 죽을 것을 안 아이는 큰소리를 내며 울었습니다. 나는 그 소리에 정신을 차리고 일어났습니다. 그리고 큰아이는 등에 업고 갓난아이는 품에 안은 채 울면서 길을 나섰습니다.

길을 가는 도중에 큰 강을 만났습니다. 수심도 넓어 보였고 폭도 넓은 강이었습니다. 큰아이를 강가에 내려두고는 먼저 갓난아이를 안고 강을 건넜습니다. 그리고는 언덕에 있는 나무 아래에 갓난아이를 내려두고 큰아이를 데려오기 위해 돌아섰지요. 그런데 두려움에 떨고 있던 큰 아이가 그새를 못 참고는 울면서 강을 건너려고 하고 있었습니다. 나는 아이를 만류하며 기다리라고 했지만 아이는 어느새 거센 물결에 휩쓸려 떠내려가고 있었습니다. 나는 급히 강물로 뛰어들었지만 저의 힘으로는 어쩔 수가 없었습니다. 낙담을 하며 언덕으로 돌아왔습니다. 그런데 갓난아기를 늑대가 물어 가버린 것이었습니다. 나는 다시 정신을 잃고는 쓰러져버렸습니다.

한참만에 깨어난 나는 황망한 정신으로 길을 걸어갔습니다. 도중에 한 바라문을 만났습니다. 그는 친정아버지의 친구였습니다. 나는 북받쳐 오르는 슬픔을 참으며 친정소식을 물었습니다. 그러나 친정집은 며칠 전에 큰불이 나서 부모와 형제들이 모두 타죽고 말았다는 그의 대답이었습니다. 이 소식을 들은 나는 또 정신을 잃고 말았습니다. 눈을 떠보니 아버지의 친구인 그 바라문의 집이었습니다. 그는 나의 처지를 불쌍히 여겨 친자식처럼 돌보아주셨습니다.

그렇게 지내던 어느 날이었습니다. 이웃에 살던 한 바라문이 나의 미모를 보고는 아내가 되어 달라며 청혼을 했습니다. 오갈 데가 없었던 나로서는 어쩔 수없이 그에게 몸을 의탁하게 되었습니다. 그런데 그는 소문난 술주정뱅이였습니다. 술만 마시면 미친 망나니가 되어 갖은 학대를 했지요. 나는 더 이상 견딜 수가 없어 그 집에서 도망쳐 나왔습니다. 그 길로 바라나시로 가서 성문 밖의 한 나무 밑에서 거지처럼 지냈습니다.

그때 그 마을의 한 부자의 아들이 아내를 잃고 지내다가 나를 몇 번 보고는 청혼을 하였습니다. 나는 어쩔 수 없이 그의 청혼을 받아들였습니다. 그는 나를 진정으로 아껴 주었지만 얼마 지나지 않아 죽고 말았습니다. 그 당시 그 고장의 법도로 남편이 죽으면 아내도 같이 무덤에 묻히도록 되어 있어 나는 꼼짝없이 죽을 때를 기다리게 되었습니다. 그러나 밤이 되자 도굴꾼들이 무덤을 파고 들어오던 중 나를 발견하고는 구출해 주었습니다. 나는 다시 도둑의 아내가 되고 만 것입니다. 그러나 그것도 잠시, 도둑은 며칠 지나지 않아 도굴이 발각되어 붙잡혀 사형을 당하고 말았습니다.

나는 자신의 신세를 한탄하며 하염없이 울었습니다. 그때 사람들이 석가족의 아들이 고행 끝에 부처님이 되어 과거와 미래의 일을 훤히 안다는 이야기를 들려주었습니다. 나는 잠시도 지체하지 않고 부처님께서 계시다는 기원정사로 달려갔습니다.

그때 부처님께서 제 곁으로 걸어오셨습니다.

나는 예를 갖추고 부처님 곁에 앉아 그 동안의 겪은 일들을 자세하게 말씀드리고 나를 가엾게 여기시어 부디 수행자가 되게 해달라고 애원을 했습니다.

부처님께서 시자 아난다를 시켜 나를 데리고 가서 고타미에게 맡겨 계법을 일러주게 하라고 하셨습니다. 나는 고타미 밑에서 비구니가 되었습니다. 네 가지의 성스러운 진리를 배웠습니다. 또한 인생은 괴로움이라는 것과 모든 것은 공하고 무상하다는 것을 배웠습니다. 나는 부지런히 정진을 해서 마침내 아라한이 되었습니다. 그리고 나의 과거와 미래를 모두 알 수 있었습니다. 내가 현세에서 받은 불행과 수난의 연속적인 고통은 말로 다 할 수 없지만 그것은 오로지 전생에 지은 나의 업의 갚음으로 조금도 어긋나지 않음을 알 수 있었습니다."

곁에서 이 기구한 사연을 듣고 있던 비구니들이 물었다.

"전생에 무슨 죄업을 지었기에 그런 견디기 어려운 재앙을 당하셨는지 자세히 설명해 주십시오."

"자세히 들으십시오. 전생에 큰 부자가 있었습니다. 그는 재산은 많았지만 아들이 없어서 부득이 작은 부인을 얻었습니다. 작은 부인은 비록 지체는 낮은 집의 딸이었지만 미모가 아름다워 부자는 그녀를 무척이나 아꼈습니다. 그리고 사내아이까지 낳았습니다. 부자와 작은 부인의 기쁨은 너무나 컸지만 큰 부인의 시샘과 걱정은 이만저만한 것이 아니었습니다. 그러자 이런 생각이 드는 것이었습니다.

'나는 비록 귀한 가문의 출신이지만 대를 이을 자식을 낳지 못했다. 이제 저 아이가 자라면 이 집안의 모든 것을 상속받을 것이다. 그러면 나는 어찌 될 것인가?'

이런 생각을 한 큰 부인은 질투심에 눈이 멀어 아이가 자라기 전에 일찍 죽여야겠다고 결심을 했습니다. 큰 부인은 사람들 몰래 아이의 정수리에 바늘을 깊이 꽂아두었습니다. 아이는 시름시름 앓다가 그만 죽고 말았습니다. 작은 부인의 애통함은 하늘을 찌르고도 남았습니다. 그리고 아이의 죽음의 원인이 바로 큰 부인일 거라 생각하고 물었습니다.

'당신이 우리 아이를 죽인 것이 맞지요?'

큰 부인은 한사코 그 사실을 거부하며 스스로 맹세까지 했다.

'만일 내가 그 아이를 죽였다면 다음 생에 내 남편은 독사에 물려죽고, 거기에서 낳은 자식은 물에 빠져 죽고 늑대에게 잡아먹혀 죽을 것이다. 또한 나는 산 채로 땅에 묻히거나 부모나 형제가 불에 타 죽는 참화를 당할 것이다. 이렇게 맹세를 하는데도 나를 의심할 것인가?'

그때 그 부인은 자신의 생애에서는 자신이 지은 죄와 복의 갚음이 절대 이루어지지 않을 것이라는 짧은 생각에 그렇게 맹세했던 것입니다. 그러나 지금 다 그대로 받고 있으면서도 어느 누구도 대신해줄 사람이 없습니다. 그 사람이 누군지 알고 싶습니까? 그때의 그 큰 부인이 바로 이 몸인 것입니다. 나는 지금 다행히 부처님의 가르침을 만나 아라한이 되었습니다. 그렇지만 항상 뜨거운 바늘이 정수리를 뚫고 들어와 발바닥으로 빠져나가는 듯한 고통을 밤낮으로 느끼고 있습니다. 죄와 복은 이처럼 결코 사라지는 것이 아닙니다."

이 이야기가 그 한 사람, 그 여자에 한정된 이야기라고 누가 함부로 말할 수 있을까. 그 시대에 태어난 죄로, 시대의 낡은 굴레에 갇혀 어찌 할 수가 없었던 한 여인의 이야기로 치부하기엔 이야기의 구조가 너무나 촘촘하고 현실적이다. 아무리 교훈적인 결론을 도출하기 위한 과장된 스토리라 하더라도 단순한 상징과 비유로 단정하기엔 현실의 구조를 너무나 확연하게 차용하고 있다.

다만 인드라의 법망은 너무나 정교해서 과거의 일이라도 결코 지나치는 법이 없음을 이 이야기는 명징하게 보여주고 있다. 섬뜩하다 못해 옷깃이 여며지는 부분이다.

그 역전의 아가씨를 연상하며 간단히 교훈으로 삼기에는 너무나 가혹한, 그래서 가슴에 새겨두고 읽어야 할 이야기가 아닌가 싶다.

입장을 바꾸어 화자話者를 남자로 바꾸어 상황을 잘 정리해보면 참으로 많은 교훈을 얻을 수가 있다. 이제 시대는 성별을 구별하지 않는다. 모든 사람들이 마음을 닦을 수밖에 없는 이유이다.

새벽에 목적지에 닿으면 새로운 마음으로 길을 떠나야 할 것이다.

날마다 새벽이 오는 이유는 인간에게는 늘 새로운 기회가 주어진다는 고마운 사실을 체득하라는 우주의 서늘한 깨우침이리라.

2부
젊은 날의 초상

젊은 날의 초상

1.

스님이라고 해서 젊은 시절의 방황이 전혀 없었다는 것은 그것만큼 정말 비인간적인 일은 없을 것이다.

나 스스로도 스님이기 이전에 한 사람의 평범한 젊은이라는 데는 특별히 다른 이유가 없었다. 먹물옷을 입고 계율에 따라 생활하는 외형의 형태만 다를 뿐 나는 신문을 읽고 음악도 듣는가 하면 절집의 일을 위해 시내를 다녀오는 등의 일상의 생활은 세속의 그것과 크게 다를 바가 없었다.

다만 출가를 하고 공부를 하면서도 동시대의 문제나 사상에 대해 더욱더 고민해야 한다는 오기 비슷한 욕심이 늘 충만해 있었다는 것이 다르다면 다른 점이었다. 기왕에 원대한 서원을 품고 출가한 이상 무엇보다도 세속의 사람들보다 뛰어난 문제해결의 능력 정도는 갖추어야 한다는 고민을 하나 더 껴안고 살았던 셈이다. 그것은 출가자로서 당연히 가지고 있어야할 정신적인 책무이자 의무라고 나는 생각하고 있었다.

마음 같아서는 당장에 큰 깨달음을 얻어 사자후를 외치며 세상을 향해 불같은 법문을 내려 대중의 막힌 가슴을 시원하게 뚫어 놓고 싶었다. 나아가서는 그때껏 보아 왔던 온갖 부조리한 모든 상황들을 깨끗하게 씻어놓음과 동시에 뜻을 모은 도반들과 새로운 불교의 역량을 동량의 대들보에 올려놓은 것은 물론 한국불교의 발전을 위해 무한의 법력을 펼쳐보고 싶은 마음이었다.

그러나 마음으로 되지 않는 것이 수행이었다. 그러던 것이 군대에 다녀온 후로는 더욱 타성에 젖어 온갖 궁금증만 증폭되었지 도무지 공부에는 진전이 없는 것이었다. 몸으로는 수행의 흉내를 내고 입으로는 염불을 하고 눈으로는 경전을 읽으나 마음에는 의심의 그림자만 짙어질 뿐이었다. 분명 내가 생각한 수행과 정진은 이런 것이 아니었는데, 무엇인가가 부족한 느낌, 아쉽다는 생각, 판단을 잘못하고 있다는 혼란만이 가슴속에 가득했다.

하루는 신림동으로 이어진 길을 통해 관악산을 오르게 되었다. 비가 부슬부슬 내리고 있었다. 일에 조금씩 지치고 전진하지 않는 수행에의 목마름, 타성에 젖은 일상의 나날들에 대한 배타심, 스스로에 대한 회의로 가득 찬 젊은 날의 무료한 오후의 하루였던 것이다.

아무런 생각도 없이, 잡념의 한 줄기마저도 집어던지고는 오직 발끝만 내려다보며 걷고 있었다. 산중턱쯤으로 올라갔을까, 앞에서 어떤 아낙네가 앞에 서서 산길을 오르고 있었다. 아낙네는 하얀 소복을 입고 있었다. 나는 아마도 근처의 절에 49재를 지내러 가거나 아니면 집안의 중요한 일로 제물을 올리러 가거니 생각하고 아무런 생각도 없이 따라 올라가고 있었다.

보슬비는 어깨로 내리면서 물방울로 변하며 몸을 무겁게 했지만 마음은 촉촉하게 젖는 듯 상쾌하게 느껴지도록 내리고 있었다. 갈증과 번민, 무능한 수행, 헝클어진 마음의 틈새로 그 보슬비가 스며드는 느낌이었다. 느릿느릿 안개는 산허리를 돌아 주위를 자욱하게 둘러싸고 있었다.

한참을 걷다가 고개를 들어보니 산비탈은 어디론가 사라져버리고 아늑한 분지 하나가 눈앞에 나타나는 것이었다. 앞에서 걷던 소복을 입은 아낙네는 벌써 자취를 감추고 없었다. 영문을 몰라 주위를 둘러보는데 작은 연못이 보였다. 안개는 여전히 자욱했다.

연못 근처로 발길을 옮기는데 어디선가 목탁소리가 들렸다. 고개를 돌려보니 허름하고 남루한 집이 한 채가 보이는데 목탁소리는 거기서 나는 것이었다. 나는 그곳으로 발길을 돌렸다. 분명 법당은 아니었는데 자세히 보니 양쪽 문은 낡아서 허물어져 버렸는지 자취도 없었고 집 전체가 곧 쓰러질 것처럼 위태위태해 보였다. 나는 거기를 자세히 노려보았다. 분명 법당이 아닌데도 불구하고 그 안에는 부처님이 모셔져 있었다. 그리고 한 스님께서 부처님을 바라보지 않은 채 바깥을 바라보며 정근을 하고 계시는 모습이 보였다. 키가 작은, 백발의 노스님이었다.

나는 그때만 해도 젊은 나이인데다 삭발을 하고 군대에 다녀온 지 얼마 지나지 않은 때였던 터라 사문에 대한 예의나 배려 따위가 별로 없는 건방지기 짝이 없는 청년의 혈기만 지닌 스님이었다. 뿐만 아니라 앞으로의 진로에 고민과 과연 이렇게 수행의 길을 걸어야할 것인가를 두고 밤낮없이 고민을 하고 있었던 한창 되바라진 시절의 청년이었다.

나는 노스님의 기도에 방해가 되지 않는 한도 내에서 부처님께 삼배를 하고는 그곳을 나왔다. 물론 그 노스님에게 예를 표한 것도 아니었다. 다만 왜 부처님을 바라보지 않고 오히려 부처님께 등을 돌리고서

기도를 하고 있을까 하는 의문만 품은 채 그 집을 나왔던 것이다. 그리고 몇 발자국 옮기지도 않았는데 문득 목탁소리가 끊어지는 것이었다. 나는 놀라서 급히 뒤를 돌아보았는데 내 눈에 들어온 것은 그전에 보았던 낡고 허름한 집이 아니라 넝쿨더미였다. 나무에 칡넝쿨이 가득 엉켜져 있는 그런 넝쿨더미였던 것이다.

나는 그 자리에 서서 오래 그 광경을 넋을 잃고 지켜보았다. 도무지 이해가 되지 않는 상황이었다. 나는 그렇게 산을 내려왔다. 그 당시에는 경황이 없어 그런 기이한 체험이 무엇을 뜻하는지를 나는 제대로 이해할 수가 없었다. 그러나 그 경험이 나의 인생에 있어 가장 중요한 인연이자 수행의 시발점이었음을 나는 나중에야 알게 되었다.

나는 그 당시 불교대학에서 공부를 하고 있었다. 불교에 관한 모든 공부는 물론 불교를 이해하고 배경이 되는 온갖 과목을 다 공부하며 지식과 교양을 쌓는 것으로 바쁜 하루를 보내고 있었다. 나는 유독 삼국유사에 관심이 많았는데 내용의 풍부함은 물론 정사가 아닌 야사를 다루고 있다는 데서 특히 나의 호기심을 자극하여 틈이 나는 대로 그 책에 열중하였다.

특히 의상 대사 편의 이야기를 읽고 또 읽으면 열중을 했다. 당시 의상 대사는 당나라에서 화엄학의 대가로 깨달음을 얻어 고국으로 돌아오셨다고 한다. 그리고 지금의 양양 낙산사의 의상대에서 앉으시면서 일 주일 용맹정진으로 기도하면서 반드시 관세음보살을 친견하지 못한다면 자리에서 일어나지 않겠노라 원을 세우시면서 기도에 들어가셨다고 한다.

그러나 일 주일이 지나도 의상 대사는 관세음보살을 친견하지 못했다. 다시 일 주일이 지나도 친견하지 못하자 삼칠일 기도입재를 하면서 그 회향 순간에도 친견을 하지 못하면 자신의 다생의 업이 너무

무거워 금생에는 관세음보살을 친견을 할 수 없을 것이니 몸을 바쳐 다음 생을 받아서라도 기필코 친견하리라고 원을 세우셨다고 한다.

그러나 대사는 삼칠일 기도가 끝나는 순간까지도 관세음보살을 친견하지 못했다. 그래서 그는 자리에서 서슴없이 일어나 자기의 몸을 그 절벽으로 던졌는데, 그때 바다가 열리면서 해수관세음보살이 솟아오르시면서 스님을 온전하게 받아주었다고 한다.

이야기는 계속 이어진다.

의상 대사의 관세음보살 친견 소식을 들은 당대의 고승 원효 대사는 자신도 관세음보살을 친견하겠노라며 길을 떠났다고 한다. 원효는 걸망에 미투리를 짊어지고 몇 날의 걸쳐 강원도의 낙산사로 향하고 있었다. 하루는 저녁노을이 내릴 때쯤 한 마을을 지나고 있었는데 아낙네들이 우물에 모여서 그 우물물로 빨래를 하고 있었다. 마침 목이 말랐던 원효는 물 한 그릇을 청했다. 그러나 아낙네들은 아무런 반응을 보이지 않았는데 구석에서 개짐을 빨고 있던 한 아낙이 피가 흥건한 물 한 바가지를 원효에게 건네주는 것이었다. 원효는 기왕에 줄 물이면 깨끗한 물을 줄 것이지 굳이 이런 물을 주느냐며 투정을 하며 그냥 길을 떠나 버렸다. 그렇게 양양 삼거리에 도착하여 앉아있는 어느 노파에게 길을 묻게 되었다.

"대사께서는 어찌 하여 낙산사를 찾아가시는지요?"

"관세음보살을 친견하기 위하여 찾아가고 있는 중입니다."

그때 노파가 웃으며 대답했다.

"이미 대사께서는 오시는 길에 관세음보살을 친견하셨는데 굳이 낙산사에 가신다 한들 친견하실 수가 있겠습니까?"

원효는 그 자리에서 얼어붙고 말았다. 원효는 이미 의상 대사와 더불어 중국으로의 유학길에서 해골바가지에 담긴 물을 마시고 이미 한 깨달음을 증득하고 돌아온 후였다. 그리고는 생각했다.

'나는 아직도 더럽고 깨끗함의 분별에 묶여서 살고 있구나! 그전에 알았던 그 깨달음은 단순히 하나의 생각이었을 뿐이구나!'

그 자리에서 원효는 가던 길을 멈추고 돌아와서는 더욱 수행에의 정진을 멈추지 않았다는 것이다. 그리고 그 후로 원효는 승과 속을 가리지 않는 기행과 더불어 아무런 경계를 가지지 않는 자유분방하고 호탕한 생활을 누리며 한 시대를 살았다. 길 위의 거지들과 천민들은 그의 다정한 친구이자 도반들이었다. 정형화되고 귀족적인 생활은 철저히 거부하고 도무지 얽매임이 없는 자유자재한 삶을 살았다. 그러면서도 그는 역사에 길이 남을 저작과 더불어 수많은 일화들을 남기며 사람들의 생활에 지대한 영향을 끼쳤던 것이다.

나는 문득 관악산에서의 기이한 체험을 떠올리며 내가 보았던 그 단신의 백발의 노승이 혹시 보현보살은 아니었을까, 지장보살은 아니었을까, 아니면 어떤 보살의 화신은 아니었을까를 곰곰이 생각해 보았다. 그리고 관세음보살을 친견하고도 알아보지 못한 원효 스님의 경우를 생각하며 내가 그런 전철을 밟은 것을 아니었을까를 오래 동안 생각해 보았다.

그리고 나는 그 길로 절을 나섰다. 가히 풍찬노숙風餐露宿의 그 멀고 먼 여행은 40여 년을 넘어 지속되었다.

나의 운수납자雲水衲子의 길은 아직도 이어지고 있다.

2.

청평사 가는 길에서의 여름을 잊을 수가 없다.

마음에 정한 바는 있었으나 아무런 작정도 하지 않고 길을 떠난 나로서는 그야말로 동가숙서가식東家宿西家食의 방랑생활이었다. 앞에서도 언급했듯이 원효 스님의 깨달음 이후의 행각은 정말로 파격적이었다. 생사를 초월한 깨달음을 얻은 그의 파격은 기생집의 술자리도 마다하지 않았다. 그리고 무애가無碍歌를 부르며 천하를 유람했다.

그리고 그의 친구는 밑바닥의 사람들이었다. 거지나 백정 등의 천민들이 대부분이었다. 그는 가장 높은 깨달음의 경지에서 머물면서도 가장 낮은 사람들의 곁에서 그의 뜻을 밀고 나갔다. 그런 모습이 나에게는 무척이나 시사적이었다. 나도 가능하면 가장 낮은 곳에서 나의 모습을 찾고 나의 방향을 물색하고 싶었다.

그렇다고 나의 행각이 원효 스님의 그것처럼 파격적이거나 그런 모습을 닮고자 한 것은 결코 아니었다. 다만 나는 나의 타고난 방랑벽에 기대어 이 땅의 모든 사람들의 사는 모습을 통해 나의 현주소를 객관적으로 조망하고, 내가 태어난 곳의 아름다움을 통해 삶의 소중함을 깨닫고, 언제 끝날지 모를 수행의 길에서 나의 근기와 의지를 시험해 보고 싶었기 때문이었다.

혼자 떠다니는 몸이라 짐이 단출할수록 좋았다. 나는 걸망에 최소한의 물건만 챙기고 햇빛을 가릴 갓 하나와 지팡이 하나가 내 짐의 전부였다. 더위는 어느 정도 참을 수 있는 일이지만 추위는 목숨과 직결될 상황이 발생할 수 있음을 고려하여 겨울옷에다 속옷 정도만 갈아입을 요령으로 준비한 두터운 누비옷이 옷의 전부였다. 무던히 걷고 또 걷는 것이 하루 일의 전부이다 보니 옷이 더렵혀질 일도 별로 없었다.

정 옷이 더러우면 아는 절이거나 눈 여겨 보아 두었던 토굴이나 인적이 없는 냇가에서 휴식을 겸해 쉬면서 빨래을 했다. 그것은 정말 신나고 재미있고 상쾌한 일이었다. 빨래을 널어두고 돌밭이나 툇마루,

그늘에 앉아 흰구름이 떠도는 푸른 하늘을 보고 있으면 그렇게도 상쾌할 수가 없었다. 수행의 즐거움이자 수행의 의미를 맛보는 그런 희열이었다.

어느 여름의 하루였다. 여름이니 땀 흐르는 것이 당연한 일이라 생각하며 그날도 정처 없이 걷고 있었다. 배를 타고 청평사로 가는 길이었다. 그날은 더워도 너무 더웠다. 목끝까지 차오른 더위에 윗옷을 걸망에 걸치고 강바람을 받으며 호수를 건너가는데도 덥기만 했다.

나는 배에서 내리자마자 곧장 인적이 조금은 드문 개울을 찾아 뛰어갔다. 그리고는 그 길로 입고 있던 모든 옷을 벗어던지고는 냇물로 뛰어들었다. 마음이 급한 김에 앞뒤 사정은 보지도 않고 뛰어들고 보니 세상만사가 다 상쾌해지는 것이었다. 지나가는 사람들의 호기심 어린 시선들이 여기저기서 느껴졌지만 나는 개의치 않았다. 뼛속까지 시리게 하는 시원함에 온갖 망상과 근심까지 싹 씻겨서 내려가는 기분이었다. 그 순간 무엇을 생각할 수 있었을까? 사람들이 시선 따위가 무슨 소용이람!

지금 생각하며 조금은 부끄러운 감정도 없지 않지만 나는 그때 누군가의 시선에 얽매여 자신의 고통스런 현실을 이해하지 못하고 가식의 틀에 둘러쌓여 사는 것이 얼마나 어리석은 일인지를 조금이나마 이해하게 되었다. 일반적인 상식의 테두리에서 너무 멀리 벗어나는 것은 곤란하지만 충분히 이해가 가능한 범위 내에서의 일탈은 생활의 활력소가 될 수도 있다는 말이다. 지금 하라고 하면 죽어도 못할 일이지만 자기 자신의 의지에 충분히 동화되어 그것을 실행한다면 그것은 가식이 아닐 것이며 만용도 아닐 것이다.

길을 가다가 날이 저물면 그 상태에서 다리 밑에서도 자고 모래밭에서도 자고 자갈 위에다 누비를 깔고 자기를 참으로 여러 날이었다. 이슬만 피할 수 있으면 세상에는 발 뻗고 잘 자리가 너무나 많았다. 그 시절이 그립다.

3.

30여 년 전인가보다.

서울에서 지인들과 어울려 저녁식사와 차를 마시고는 숙소를 가기 위해 신설동의 동묘 앞에서 버스를 기다리고 있던 중이었다. 나는 그때 갓을 쓰고 지팡이를 짚고 있었다. 그때 어떤 젊은 사람이 내 곁으로 다가오는 것이었다. 그는 한 손에는 팜플렛을 들고 다른 손에는 성경을 들고 있었다. 그리고는 내게 말을 건네는 것이었다.

"스님, 주 예수를 믿으시오!"

나는 어이가 없다는 표정을 지음 그를 쳐다보며 되물었다.

"뭐라고?"

"스님, 주 예수를 믿고 천당을 가시오!"

나는 다짜고짜로 그의 뺨을 후려치며 말했다.

"이런 건방진 자식!"

그러자 허를 찔린 그 사람이 조롱하듯 내게 말을 했다.

"어! 중이 사람을 치네!"

그래서 내가 소리쳤다.

"네가 이제 바른 소리를 하는구나. 좀전에는 스님이라더니, 이제는 중이라고? 너, 나머지 뺨마저 얼른 내놓아라. 예수님 말씀처럼 나같은 원수한테는 너의 나머지 뺨을 내어놓는 것이 너의 배움이 아니더냐?"

나는 길길이 나대며 그에게 대들었다. 그러자 당황한 그 사람은 영어로 나에게 무어라 떠들며 같이 대드는 것이었다. 나는 때를 놓치지 않았다. 짧은 영어이긴 해도 그것은 누가 들어도 욕인 것이 분명했다.

"이 놈이 이제는 서양귀신 흉내까지 내며 난리네 그려. 영어 몇 토막 씨부린다고 네 가슴 속의 피가 서양의 그것으로 바뀔 것으로 아느냐. 정신까지 팔아먹을 몹쓸 놈이 무슨 전도를 한다고 이 난리인가!"

내가 멱살을 잡아 흔들듯 덤벼들자 그는 허둥지둥 어둠 속으로 사라지고 말았다.

당시 신설동 주위에는 학원들이 많아서 그 버스 정류장에도 많은 학생들이 이 소란을 지켜보고 있었다. 나는 어색한 미소를 지으며 한 학생에게 조용히 말을 걸었다.

"종교는 자기 자리를 찾기 위한 하나의 매개체이다. 그것을 강요하면 절대 안 된다. 이미 이루어져 있는 하나의 세계를 이원화시키려고 하고 이간질을 하고 훼방을 놓는다면 그것은 또 하나의 사회악이요, 병폐이다. 나의 종교가 소중하면 남의 종교도 소중하다.

분명히 내가 스님이라는 성직자인 것을 알면서도 의도적으로 접근하여 자기 종교를 전도한다면 이것은 악의적인 발상의 산물이므로 마땅히 엄중하게 경고하여야 한다. 약간의 폭력이 수반된 것은 미안한 일이나 이런 의도적인 도발에는 응당 따끔하게 대처하여야 한다. 인내심이라는 미덕의 이름으로 양보하거나 외면한다면 그것은 절벽에서 뒤로 떠밀리는 것과 같다. 타인의 정신적인 소중한 선택을 훼손하는 그야말로 정신적인 범죄다. 여기서는 밀리면 절대 안 된다."

한 학생이 재치있게 내 말을 이어받았다.

"절벽에서는 떠밀리면 안 되잖아요, 끝장인데!"

학생들의 웃음소리가 밤하늘로 흩어져갔다.

4.

참으로 많은 시간을 걸었다.

그런데도 불구하고 깨달음의 길은 멀고 수행마저 아직 어렵다. 금생이 일이 아니라고 생각하고 내생을 약속한다면 안타까울 일도 아니라고 위로도 해보고 싶지만 어디 마음의 행로가 그러한가.

더 많은 정진을 스스로에게 약속을 해야만 하고 더더욱 하심하고 공부해야 하리라.

언제가 퇴계에 관한 책을 읽다가 마음에 남아서 베껴둔 글이 있어 옮겨 본다. 내가 걸어온 그 많은 길에의 속내를 잘 표현한 것 같아 가슴이 뭉클했다. 나 혼자만의 감상이기 하지만 말이다.

"산을 좋아하고 물을 좋아한다는 말은 산이 곧 어짐이고 물이 곧 슬기라는 뜻이 아니라 사람과 산수의 성性이 같다는 말도 아니다. 다만 어진 이는 산과 비슷하기 때문에 산을 좋아하고, 슬기 있는 사람은 물과 비슷하기 때문에 물을 좋아한다고 한 것이다.

비슷하다는 것은 어진 이와 슬기 있는 이의 기상과 의사를 두고 한 말이다. 이것은 사람들이 어떤 형상을 통하여 근본을 구하고 본보기의 극치를 삼으려는 것이지, 산과 물에서 어짐과 슬기를 구하게 하려는 것은 아니다. 참으로 내 마음에 어짐과 슬기의 내용이 가득 차서 밖으로 나타나기만 한다면 〈요산요수〉는 간절히 구하지 않더라도 자연히 얻게 될 것이다."

책을 읽는 사람들이 산을 유람하는 것을 말하더니
讀書人說遊山似

이제 보니 산을 유람하는 것이 책을 읽는 것과 같구나
見今遊山似讀書

공력을 다할 때도 하층에서 시작하는 법
工力盡時元自下

깊이를 얻는 것은 모두가 자기에게 달린 것
淺深得處摠由渠

조용히 앉아 일어나는 구름을 보고 오묘함을 알고
坐看雲起因知妙

근원을 찾아가면 사물의 시초를 알게 된다지
行到源頭始覺初

그대들에게 높은 절정을 찾으라 권면하지만
絶頂高尋勉公等

노쇠하여 중도에 그만 둔 내가 부끄럽구나
老衰中輟愧深余

—이황, 〈책을 읽는 것은 산에 노니는 것과 같다(讀書如遊山)〉

인각사의 추억

떠돌아다니다 지치면 잠시 마음을 내려놓고 쉬고 싶을 때도 있다.

자신의 수행이 제대로 되고 있는지, 마음을 먹은 대로 흘러가고 있는지도 뒤돌아서서 점검해 봐야겠지만 무엇보다도 너무 흩어져버린 마음을 다잡고 안정시킬 필요가 있기 때문이었다. 한꺼번에 너무 많은 풍경들을 접하다보면 마음의 안정보다 허상의 중첩 때문에 흔들릴 때가 없지 않았기 때문에 찬찬히 앉아서 지나온 시간들을 도닥일 때가 나름대로 의미가 있기도 했다.

글로 남기는 것도 중요할 것이지만 마음속에 차곡차곡 그 내용들을 채워놓아 오래 꺼내볼 수 있도록 스크랩을 하는 것도 나쁘지 않는 것이 글로 인해 감정의 이입이 너무 커서 있는 그대로의 사실을 왜곡할 수도 있었기 때문이었다. 그만큼 사람의 감정은 유동적이고 변동적이다. 사진을 찍듯 가슴에 명징한 사실로 남겨두는 것, 그것은 시간이 지나도 변하지 않을 마음의 기록이었다.

나는 오래 떠돌아다니기도 했지만 좋은 기도처를 만나거나 하면 주지 스님의 방부를 허락받아 오직 기도만을 하면서 머물기도 하고, 정말 마음이 머물고 싶은 곳이 있으면 거기에다 아예 토굴을 짓고 생활을 하기도 했다. 그럴 때면 으레 사람들이 소문을 듣고 찾아와서는 이것저것을 묻거나 둘러보고 가기도 했다. 순수한 마음으로 찾아오시는 사람들과 차를 나누면서 세상 살아가는 이야기며 법담을 나누는 것은 즐거운 일이었지만 딴 생각을 품고 찾아와 허튼 소리를 하는 무속인들이나 그 밖의 사람들은 참으로 골칫거리였다.

그런 생활에 익숙해지다 보면 재미있는 현상이 발생하곤 했다. 사람이 오겠다는 느낌이 들면 꼭 사람이 찾아들고 대개는 몇 사람이 올 것이라는 사실까지 머릿속에 떠올라 그 숫자에 맞게 차를 끓여놓으면 올라오신 손님들이 깜짝 놀라는 것이다. 무슨 생각을 가지고 올라오겠구나, 라는 생각에까지 미치지만 그런 얘기까지는 굳이 꺼내지는 않았다. 오해의 여지가 많았기 때문이기도 했지만 신분을 감춘 채 올라와 멋모르고 설치는 무속인들과 다투고 싶지가 않았기 때문이었다. 그것은 그냥 자리가 좋아서 잠시 머물다가는 사람에게 베푸는 텃세 비슷한 행패이려니 치부하고 돌려보내기가 일쑤였다.

나는 그런 경지를 특별하게 생각하지 않았다. 오히려 그런 경계에 휘둘리면 아예 수행을 망치기 십상이기 때문임을 더욱 조심했다. 결국 그런 것에 묶여 때를 놓치면 그것이 바로 사邪가 될 것이고 그것을 뛰어넘어 꾸준히 정진을 해야 무애無碍의 길을 걸을 수 있다고 믿었기 때문이었다.

관악산 아래의 삼막사에서 4개월에 걸쳐 기도를 하고 있을 때였다.

어느 날 새벽이었다. 깊은 잠에 들어 있었는데 마침 옆으로 비스듬히 누워서 잠이 든 모양이었다. 누군가가 엉덩이를 툭툭 세 번을 차는 느낌이 들면서, 이제 일어나야지 하는 소리가 들리는 것이었다. 얼떨

결에 일어나며 손으로 눈을 비비며 앞을 바라보았다. 내 앞에는 풍채가 좋으신 스님 한 분이 선정禪定에 들어 계시는 것이었다.

"아이고, 큰스님! 언제 오셨습니까? 오셨으면 말씀을 하시지요."

나는 자리에서 벌떡 일어나 얼른 세 번의 절을 했다. 절을 마치고 일어나보니 그 큰스님은 어느 샌가 자취를 감추어버린 것이었다. 스님, 하면서 그제서야 나는 잠에서 깨어났다. 꿈속의 꿈이었다.

아무리 생각해봐도 모르는 스님이었다. 그렇게 나는 새벽을 맞았다.

그날 오후, 법주사에 종회의원선거가 있어서 투표를 하러 가게 되었다. 이 기회를 빌려 사형사제, 도반 스님이라도 만난다면 그것도 반가울 일이라 싶어 나섰던 것이다.

안양을 떠나 청주를 지나고 있을 무렵이었다. 은해사의 도감인 법일 스님으로부터 전화가 왔다. 이런저런 인사를 나누고 난 뒤의 스님의 말은 은해사 운영위원회에서 경북 군위 소재의 말사인 인각사의 주지로 나를 임명하고자 하니 가능한 빨리 은해사로 와서 회주 법타 스님과 주지 스님에게 인사를 하라는 것이었다. 소임을 맡은 일이 별로 없었던 나로서는 의외의 소식이었다. 떠돌아다니기만 하는 나에게 잠시 머물면서 수행을 정리하라는 기회를 주시는가 생각하면서 막연히 창밖을 내다보고만 있었다.

안양으로 돌아와서 삼막사 주지 성월 스님에게 이런 사실을 말씀을 드렸다. 주지 스님은 소임을 맡았다고 하더라도 지금 그냥 떠나는 것은 너무 섭섭한 일이니 내일 모레의 초하루 법회를 끝내고 출발하라고 말씀을 하셨다. 하루 이틀 늦는 것이 그리 큰 무례는 아닐 것이라는 염려와 함께 그 자상한 배려가 너무도 고마웠다.

문득, 엉덩이를 세 번이나 걷어차시던 꿈속의 노스님 생각이 났다. 그리고 꿈속에서의 세 번의 절, 사흘 뒤의 출발, 유월 초하루의 법회,

모든 게 심상치가 않았다. 그러나 나는 담담하기만 했다. 영천의 은해사에 들러 회주 스님과 주지 스님께 인사를 하고 도감인 법일 스님, 사무국장과 더불어 인각사로 향했다.

도착해서 본 인각사는 겉으로 드러나 모습으로만 절이었지 정말이지 꼴이 말이 아니었다. 얼핏 보기에도 극락전은 금방이라도 쓰러질 듯한 모습에다 얼기설기 묶어 놓은 버팀목으로 힘겹게 버티고 있는 형국이었다. 누각은 바람에 휘둘리다 못해 덜렁덜렁거리며 간신히 형태를 겨누고 있었다. 가까이 다가가서 들여다보니 새들과 박쥐들이 내다버린 듯한 배설물이며 바람에 실려온 먼지와 낙엽들이 켜켜이 쌓여 있었다.

내가 기거를 해야 할 처소는 더더욱 가관이었다. 도저히 사람이 살 곳이 아니라는 생각밖에는 아무런 느낌도 일어나지 않았다. 세 칸짜리 집이 분명하긴 한데 가운데의 방은 서까래가 부러져서인지 움푹 내려앉았고 그 사이로 빗물이 흘러내렸음에 분명한 빗물자국이 여기저기에 선연했다.

당장 몸 누일 곳도 마땅하지 않은 터에 소임이 주어졌다 하더라도 이건 아니라는 생각밖에는 무어라 할 말이 없었다. 이런 소임을 맡으려고 이 먼 길을 왔던가? 내가 아무리 전국을 돌아다니며 하늘을 이불 삼고 땅을 베게 삼았다 하더라도 최소한 사찰로서 소임을 갖추어진 여건을 마련해 주어야지 않는가 하는 의문이 떠오르는 것이었다.

아니다, 돌아가야지, 이렇게 생각하고 있을 때 그 당시 사무국장이라는 거사께서 나에게로 다가와 말했다. 그분의 심정 또한 나와 다를 바는 없었을 것이다. 나의 표정에서 우러나는 실망의 마음을 애써 외면하지는 못했으리라.

"스님, 이 인각사는 고려시대의 일연 선사께서 그 유명한 삼국유사를 탈고하신 곳입니다. 이곳에서 그 책을 마무리하신 거죠. 비록 누추한 절이긴 하지만 나름대로 유서가 있는 절입니다. 역사적으로도 그 의미가 있지만 다른 각도에서 본다면 일연 선사의 어머님을 위한 효성에도 관계가 있는 아름다운 사연이 있는 절이기도 합니다."

사무국장인 거사께서는 나를 여기저기로 안내를 했다. 그러나 나는 이미 마음이 저 안양 근처의 삼막사에 가 있었고, 다시 마음대로 떠돌아다닐 생각뿐이었다.

"스님, 저길 보시죠. 저기 보이는 부도가 일연 선사의 부도입니다."

나는 그때 머리를 스쳐 지나가는 어떤 강렬한 느낌을 느낄 수 있었다.

"일연 선사의 부도라고요?"

나는 허겁지겁 그 부도 앞으로 걸어갔다. 어떤, 운명적인, 그리고 말로는 설명할 수 없는 인연의 끌림이 나로 하여금 그렇게 하도록 했다.

젊은 날의 방황의 시절, 아무런 생각도 없이 삼국유사의 강의를 들으며 마냥 재미있어 하면서 시간을 보냈던 시절, 왜 그랬을까, 그 강의를 경청하며 느꼈던 희열, 비록 수행자의 길을 걷지 못하더라도 올곧은 심성으로 세상을 살 수 있다면 그보다 더 좋은 일이 어디 있겠느냐며 자탄의 심정으로 보낸 나날!

나는 그때 일연 선사를 다시 만났다. 시공을 초월한, 역사의 현장에서, 그렇게 나는 나를 돌아보게 된 것이다.

사문沙門의 길은 그 소임의 경중을 따질 일이 아니라고 나는 생각한다.

나는 그 자리에서 은해사의 도감 스님과 사무국장을 배웅하고는 혼자 남았다.

삼국유사에 관한 일반적인 해석과 설명은 달리 할 필요가 없을 것이다. 학문적인 가치와 더불어 시대적 가치는 물론 연구의 효용성, 동시대의 조명을 위한 텍스트로서 지대한 영향력은 말로 표현할 수가 없다. 패권주의적인 역사의 기술적 문제를 떠나 민중의 시각에서 기록된 역사책은 삼국유사가 유일하다고 해도 과언은 아닐 것이다. 그것은 왕조의 역사가 아니라 민중의 역사이자 펄펄 숨을 쉬며 살아있는 역사인 것이다.

아울러 나라의 정체성이자 근본적인 주체인 백성의 살아있는 생활을 직시한 기술記述을 염두에 둔 필생의 역작인 것이다. 건국신화의 의미를 뛰어넘어 본질적인 자긍심을 가질 수 있도록 민중을 독려하고 역사적 정당성을 획득한 백성으로서의 긍지를 후세에 남기려고 한 중후한 배려, 시대를 뛰어넘는 그 기개가 가슴에 남는다. 역사적 평가를 뒤로 하고서도 나의 생각은 그러했다.

그리고 그것은 내가 머물 수밖에 없는 필연적인 이유였다. 나와 일연 스님과의 다생간에 걸친 업과 인연의 만남이라고 나는 생각하며 마음을 조용하게 정리를 했다.

힘들다고 생각하면 모든 것이 어렵다. 그러나 마땅히 해야 할 일이라면 즐겁다. 당연히 그럴 수밖에 없다. 타인의 시선은 두렵지가 않다. 소신은 그래서 무섭고 무모하기까지 하다. 그리고 착한 일일수록 용감해지기도 하는 법이다.

나는 당장 그 시간부터 절의 주변부터 정리하기 시작했다. 무슨 일을 하려면 정리가 중요한 법이었다. 마음의 정리 또한 빼놓을 수가 없는 것이었다. 기왕에 시작하는 일, 그 끝은 알 수가 없지만 하나하나의 과정 모두가 소중한 수행의 과정이라 생각한다면 어찌 소홀할 수가 있겠는가?

당장 기거할 공간을 정리하고 종무소를 임시로 설치하고 사람의 왕래가 쉽도록 길을 정리하여 외관이나마 절이라는 분위기를 풍길 수 있도록 조치를 취했다. 거의 예산이라고는 없는 형편이고 보니 당장에 몸으로 해결할 수 있는 것부터 해나가는 것이 일이 순서이자 유일한 방법이었다. 쓸고 닦고 정리하고 뜯어낸 곳을 새로 막고 헤어진 곳을 바르고 뚫린 곳을 막는 것으로 급한 불부터 끄는 식이었는데, 가히 막노동 수준의 일과가 나를 기다리고 있었다.

그러나 사찰을 일일이 뒤져가며 정리하고 청소하고 수리를 하는 와중에 곳곳에서 발견되는 일연 스님의 자취는 나로 하여금 생각의 근본부터 바뀌게 하였다. 과연 일연 스님과 삼국유사의 의미는 나와 우리에겐 무엇인가? 이 역사적인 의미의 현장이 이렇게 방치되고 유실되어도 과연 이것이 바람직한 일인가?

민족의 고유문화는 정신적인 유산으로 길이 보존되어야 한다. 그것은 뿌리를 알고 정체성을 확립하고 본질에 대한 기본적인 이해를 위해서 더더욱 필요하다. 삼국유사와 같은 저술이 가지는 역사적인 교훈은 물론 시대를 면면이 관통하는 정신적 유산의 계승은 서구화되어 가고 이질화되어 가는 지금의 세대에게는 더더욱 필요한 것인지도 모른다. 세계화를 부르짖을수록 본질에 대한 깊은 성찰이 요구되는 법이다.

정신적으로 아무런 준비가 안 된 상태에서의 무분별한 외세의 문물에 대한 수용은 일방적인 예속만 초래할 뿐이다. 정신적 예속은 무자비한 물질에의 예속을 필연적으로 동반한다. 그렇게 된다면 우리라는 개념은 애초에 사라져 버릴 것이다. 그것이 무슨 문제냐고 반문할지도 모르지만 그렇게 간단한 일이 아니다. 그것은 다른 면에서 보면 강자의 논리, 물질의 논리, 생존의 논리에의 강요로 이어질 수 있는 무서운 측면이 있다.

국경이 없는 세상, 다문화에 대한 이해, 하나의 세계, 다 좋은 말들이다. 그러나 그런 것들의 시스템이 제대로 작동하고 서로의 관계 속에서 정당하게 구축이 되려면 자기만의 확실한 색깔과 뿌리가 있어야만 가능하다. 무분별한 수용으로 인해 지구상에서 사라져버린 많은 종족들의 기억을 되새겨보면 그것은 세계화와 일체화가 아니라 식민의 다른 이름이었다고 해도 과언이 아니었다. 잘 교육이 되어 있고 뿌리가 튼튼하게 형성되어 있는 민족관과 자기정체성의 확립이 없이는 일방적인 예속화만 가속될 것이다. 나는 국수주의자도 아니고 단순한 민족주의자도 아니다. 국적이 있는, 뿌리가 확실한, 정체성에 대한 신념이 있는 세계인이고 싶다.

나는 사문으로서 나에게 주어진 마지막 소임이라 생각하고 일연 스님의 업적과 삼국유사의 사상과 가치를 재조명하고 인각사를 민족의 성지로 가꾸어 나가야겠다는 간절한 염원을 세웠다. 나는 그 첫 번째 사업으로 일연 선사와 삼국유사 재조명을 위한 문화축제를 기획했다. 삼국유사의 학술적 가치와 민족사적 가치를 국민들에게 알리기 위해 학술대회를 개최하고, 자라나는 청소년들에게 민족적 자긍심을 심어주기 위해 백일장도 개최하기로 했다. 삼국유사의 의미와 가치를 일반 국민들에게 알리는 것도 중요한 일이었지만 청소년들에게 그것을 심어주는 것이 무엇보다 의미가 있는 일이라고 나는 생각했다.

앞에서도 언급했듯이 어릴 때의 가치정립은 평생을 두고 이어지는 법이다. 홍수와 산사태처럼 쏟아지는 문명의 이기 속에서 자연스레 생활과 의식이 서구화되어 가고 있는 상황에서 제대로 된 의식을 갖게 하는 것은 어릴 때일수록 좋은 법이다.

처음 학술대회를 개최하고 백일장을 열었을 때는 참으로 미미한 수준의 행사였다. 그러나 해가 갈수록 그 규모가 조금씩 불어나는 데에 큰 의미가 있었다. 원래 문화적인 성숙이나 발전은 더디고 느린 법인데다 폭발적인 관심을 기대하기에는 무리가 있다는 것은 행사를 치를

수록 몸으로 느낄 수 있다. 그런데도 불구하고 그것이 지속적으로 진행되어야 하는 것은 그 느림 때문이라는 역설적인 결론을 도출할 수가 있다.

그렇게라도 하지 않으면 그 명맥이 아예 끊어져버리기 때문이다. 그러나 문화의 점진적 진행은 삼국유사의 정신이 시대를 관통하여 이어진 것처럼 미미한 관심이라 하더라도 지속적으로 유지시키는 데서 생명력을 부여받고 이어진다는 것이다. 행위 그 자체, 발상 그 자체, 관심 그 자체가 발전의 증거이다.

사람들의 관심을 유도하기 위해 나는 산사음악회도 개최하기로 했다. 마침 2003년에 삼국유사가 국보로 지정되는 경사가 있었다. 뒤늦은 감이 없지는 않았지만 너무나 반가운 일이었다. 이 일을 계기로 나는 대구 문화방송의 도움으로 삼국유사 국보지정 기념 산사음악회를 개최하여 사람들에게 삼국유사의 의미를 직접 들려줄 수가 있었다. 음악회의 중간마다 아나운서와 출연진들이 그 의미와 가치를 자세하게 설명하고 직접 읽어보고 느낄 수 있도록 유도하며 그 가치를 고양시키고 가슴에 새기는 것은 국민 여러분의 몫이라는 말을 빼놓지 않았다.

2005년에는 2003년에 영인된 삼국유사를 독일어로 번역하여 프랑크푸르트 도서박람회에 출품하여 우리의 기록문화를 전 세계에 알리는 가슴 벅찬 일도 있었고, 학술포럼에 참가하여 세계적인 학자들과 더불어 토론을 한 것은 잊을 수 없는 추억이라고 할 수 있을 것이다. 거기에다 독일의 마인츠 시에 위치한 쿠텐베르그 인쇄박물관에 삼국유사 영인본과 독일어 영인본을 기증하여 세계의 모든 사람들이 영원히 관람할 수 있게끔 노력한 일은 개인적인 영광을 떠나 한국출판 역사에 길이 남을 역사적인 일이었다. 당시의 박물관장은 깊은 관심과 함께 너무도 인상 깊은 일이라며 몇 번이나 감사를 표시했다.

그 영인본이 성사되기까지는 레겐스부르크 대학의 김영자 교수와 뮌헨 대학의 라이너 짐머먼 교수의 공동번역이 큰 힘이 되었다. 김영자 교수는 70년에 독일에 파견된 간호사 출신으로, 그러나 한국적인 의미의 위대성에 대해 세계인적인 관점을 갖고 일찍부터 한국문화에 관심을 갖고 부단히 노력하던 중 이 일을 기꺼이 맡아 고생을 마다하지 않았다. 재직 중인 대학에 한국어과를 개설할 만큼 고국에 대한 관심이 깊었고 세계적으로도 우수한 한국문화의 내용을 알리려 밤낮없이 뛰어다니시는 분이었다. 그 사심 없는 열의에 거듭 감사와 존경을 드린다. 아울러 당시 열린우리당 전 의장이셨던 정동영 의원과 한국문학번역원, 그리고 경북도지사의 도움이 너무나도 컸음과 더불어 (주)화진의 조만호 사장의 이름도 오래 기억하고 싶다. 마음만으로는 되지 않는 일이었다. 실천의 문제를 몸소 실행하신 분들이었다. 고개 숙여 감사할 일이다.

2006년에는 일연 선사 탄신 800돌을 기해서 5개국(한국, 미국, 일본, 중국, 인도) 국제학술 심포지움을 한국학중앙연구원과 공동으로 개최한 것, 보각국사비를 재현하는 감격적인 행사를 성대하게 치룬 것은 영원히 잊을 수가 없을 것이다. 인각사 경내에 있는 보각국사비가 너무나 훼손이 심해 그 형체마저도 제대로 알아볼 수밖에 없을 뿐만 아니라 자리를 지탱하기도 힘들 지경이었다. 지나간 시간의 무게도 무게이려니와 제대로 보호하지 못한 잘못도 있었을 것이었다. 진나라의 명필 왕희지의 글자를 집자하여 비를 새겨놓은 관계로 전국 방방곡곡에서 몰려든 선비들이 앞을 다투어 탁본을 해갔다고 하니 가히 그 명성에 버금가는 당연한 결과이기는 했겠지만 시대를 넘어 후손에 남겨야 할 의무까지는 생각하지 못한 아쉬움은 두고두고 남을 것이었다. 그런 역사적이고도 문헌적인 가치가 있는 뛰어난 비를 재현하여 절의 왼쪽 부지에 성대하게 세워놓은 것은 정말 가슴 뿌듯한 일이었다.

당시 이 비문을 쓴 것으로 알려진 고려시대 당대의 문장가 민지는 글의 말미에 이렇게 적고 있다.

겁화劫火가 모든 것을 살라 다 재가 되어도
이 비석은 홀로 남아 마멸되지 않으리.

민지 선생의 글에 나타난 간절한 바람대로 그 비문이 마멸되지 않은 것은 아니었지만 절대 마멸되지 않을 선사의 그 뜻을 비문을 다시 재현한 것에 대해서는 평생의 자부심으로 남을 것이다.

그밖에도 나는 서울의 정동에 위치한 서울역사기념관에서 〈우리가 정말 알아야 할 삼국유사〉전을 도서출판 현암사와 공동으로 기획하여 전시회를 열기도 했고, 연극을 상영하기도 했다. 또한 삼국유사와 함께 하는 하프 마라톤 대회를 개최하여 많은 사람들의 가슴에 그 의미가 새겨지도록 했고, 그 가치를 공유하고 활성화시키는 계기를 마련하기도 했다.

아울러 행정적으로는 인각사 종합정비계획을 수립하기 위해 지표조사와 발굴조사를 실시하여 역사적으로나 규모적인 면에서 인각사의 중요성을 널리 알리기 위해 동분서주했다. 덕분에 땅속에 묻혀 방기되고 있던 많은 유구유물들이 햇빛을 볼 수 있었다. 다만 그것이 지속적으로 이어지지 못하고 그 유물들이 뒷마당에 아직 뒹굴고 있다는 사실이 가슴 아플 뿐이었다.

마침 그 무렵에 임기가 끝나 주지 직을 지속적으로 수행할 수가 없었기 때문이었다. 그러나 남은 소임을 뒤를 이은 사람들이 훌륭하게 수행하리라 간절하게 믿을 뿐이다. 인각사가 가진 저력과 불심, 염원들이 소담스럽게 모아진다면 당연히 그리 될 것이다.

인각사는 아직까지 보수중이고 복원중이긴 하지만 전체적으로 소담하고 아련한 정취가 있는 아름다운 절이다. 튼튼하고 아늑한 화산華山이 뒤에서 절을 포근하게 내려다보고 있다. 아침에 일어나서 마당으로 내려와 보면 왼쪽으로는 옥녀봉의 오롯한 자태가 절을 내려다보는 듯하고 오른쪽으로 느긋하고 담담한 얼굴의 학소대가 정면으로 얼굴을 마주 한다. 변함없는 표정으로 인각사를 살펴보고 있다. 마치 일연 선사의 미소가 저리 하지 않을까 하는 착각에 빠지게도 한다. 인각사가 위치한 곳이 워낙에 조용한 동네이고 길가에 인접한 절이다 보니 모든 사물들이 살아서 움직이는 듯한 풍경을 지어내며 주위와 잘 조화를 이룬다. 마을과도 코앞에 붙어 있어 오고가는 주민들이 동네 사람들과 서로 인사를 나누는 것처럼 늘 자연스러웠다. 인각사가 그립다.

인각사에서 쓴 문정희 시인의 〈돌아가는 길〉을 읽으며 아쉬움을 달랜다.

다가서지 마라

눈과 코는 벌써 돌아가고

마지막 흔적만 남은 석불 한 분

지금 막 완성을 꾀하고 있다

부처를 버리고

다시 돌이 되고 있다

어느 인연의 시간이

눈과 코를 새긴 후

여기는 천 년 인각사 뜨락

부처의 감옥은 깊고 성스러웠다

다시 한 송이 돌로 돌아가는

자연 앞에

시간은 아무 데도 없다

부질없이 두 손 모으지 마라

완성이라는 말도

다만 저 멀리 비켜서거라.

시작始作을 위한,
그리고 적멸寂滅에 관한 단상短想

노을은 마음을 훔치는 착한 도둑처럼 뒷마당으로 내려온다.

그 모습은 흡사 첫사랑의 단발머리 여학생의 발그레 물든 뺨보다 더욱 선명하고 부드럽다.

그것은 오직 바라볼 수 있어서 진정 가치가 있는 것처럼 소유할 수 없어서 더욱 아름답다.

노을을 바라다보는 잔잔한 마음을 가질 수 있다는 것, 그 평화로움은 수행자만의 몫은 아닐 것이다.

하루의 생업生業에 충실했던 그 어떤 사람이라도 누릴 수 있는 소박한 선물이다.

숲에는 바람이 분다.

대숲의 근처에서 바람의 행방을 관찰한다는 것이 인간의 능력으로는 불가항력이겠지만, 나는 바람의 행방을 보고, 좇고 싶다.

지금 여기에서 노을을 보고 대숲의 바람소리를 듣는 것, 저 먼 땅의 부처님께서도 차마 누리지 못하셨을 소박한 적멸의 풍경이리라.

이런 풍경을 두고도 인생이 고해라는 것이 언뜻 이해가 가지 않을 때도 많고, 피안이 저 멀지 않은 곳에 있음을 착각하는 무례를 범하는 것도 너무나 일상적인 일이 아닐까 싶기도 한데, 그래서 화두는 놓을 수 없고 정진은 쉼이 없어야 한다는 것을 문득 깨닫는다.

생사에 관한 문제를 돌파하고 싶다는 것은 수행자로서 당연히 가져야 할 숙제이다.

낙제생은 최소한 되지 않아야 될 것이 아닌가!

좌탈입망座脫立亡의 꿈을 누군들 동경하지 않으랴.

등신불等身佛의 영예를 누가 꿈꾸지 않겠는가!

운수납자雲水衲子의 숙명을 천형天刑으로 여기지 않고 나날이 풀어가야 할 소임으로 생각한다면 수행은 즐거운 일일 것이다.

길 위에서 생을 마칠 수 있는 금쪽같은 기회가 나에게 도달하기 바라는 것은 나무 끝에서 숭늉을 구하는 것과 마찬가지이겠지만, 주어진 생을 오직 얻고자 하는 것에 화두를 걸고 정진하다는 시늉만 해도 쌓이고 싸인 억겁의 꺼풀을 벗기는데 조그마한 도움이 될 것이라고 나는 믿는다.

그것은 늘 시작일 수도 있고 마지막일 수도 있을 것이다.

나의 근기의 수승함을 믿지 않기에 나는 오늘도 공부를 해야만 한다.

업장의 녹아내림의 그 시작을 보는 것만 해도 나의 수행은 성공적일 것이다.

수행자는 길을 가는 사람이다.

그냥 길을 가는 것이 아니라 '오직' 길을 가는 사람이다.

바른 길, 정도正道를 찾아서 가는 사람이다.

예토穢土에서 정도精道를 찾는 것이다.

어찌 소홀할 수 있겠는가?

수많은 망상과 편견에서 벗어나 오롯 자기의 말, 나아가서 부처님의 말씀을 전할 수 있는 열린 마음과 세상을 바라보는 정직한 시선을 갖추기 위해서는 한시도 게으름을 피울 수가 없는 것이 수행자의 일상이다.

비우라고 하지만 채울 것도 없는 것이 수행자의 남루襤褸한 생활의 방편, 비우기 위한 애씀도 거추장스러운 사상이다.

애초에 없었음을 체득하는 것이 가장 빠른 길이긴 하지만 세상사는 그리 호락호락하지가 않다.

더불어 가야할 많은 세상의 도반道伴들이 나에게 던지는 질문들은 그래서 살아있는, 펄펄 날뛰는 법문法問이다.

가장 고요하고 가장 평화로울 때를 나는 기억하고 싶다.

해가 지는 풍경을 배경으로 인간이 가장 겸손해질 때, 원초적인 회귀본능의 충만으로 자신이 가장 왜소해질 때, 그리고 걸어온 길보다 가야할 길이 더욱 멀어 잠시 아득하게 자신의 현재 상황을 돌이켜 볼 때, 그런 때가 사람은 자신에게 조금은 관대해진다.

문제는 여기부터이다. 방심은 금물이고, 느슨해진 자신을 뚫고 삿된 생각은 기회를 놓치지 않는다.

스스로를 절대 용서하지 말아야한다. 타인의 충고보다 자신 스스로의 통렬한 반성이 깨달음으로 가는 지름길임을 아프게 받아들여야 한다.

수행자가 혼자일 수밖에 없는 이유가 여기에 있다.

누가 그랬던가, 무몽無夢이 대몽大夢이라고!

의식의 이중성

조주 스님이 남긴 말씀들은 참으로 재미있다.

스님이 남긴 어록들을 읽다보면 금방 한나절이 지나가버리기 일쑤이다.

그러나 재미있다고는 하나 금방 이해가 되지는 않는다.

이해가 된다 싶으면 또 다른 질문이 꼬리를 물고 일어난다.

재미있다는 것은 이해를 전제로 전폭적이고 동시적인 동의를 뜻한다. 정신적인 동화는 물론 정서적인 체화가 동시에 이루어져야 한다는 것이다.

정확한 비유라고는 할 수 없지만, 시를 읽을 때, 이해가 잘 되지는 않지만 그것에 전적으로 동감하여 감동을 하는 경우이거나, 마치 내 마음을 그대로 옮겨놓은 듯한 시인의 감수성과 통찰력에 감탄하는 경우가 이와 비슷할 것이다.

그것을 철학적인 용어로는 투사投射라고도 하는데, 쓰임에 따라, 그리고 해석을 하는 입장에서 저마다 다른 뜻을 내포할 수 있으므로 신중을 기해야 할 일이기도 하다.

아울러 나는 그것을 몰입沒入과 이입移入이라고도 표현을 하는데, 어려운 일이다.

이런 입장에서 나는 의식의 이중성에 대해 곰곰이 생각해 보기도 한다.

살아감에 있어서 우리는 같은 상황을 두고 정반대의 상대적인 대립에서 많은 혼란을 겪는다.

기차의 레일과 같이 영원한 평행선을 달리는 무한의 질주, 그 끝없는 대립은 말할 것도 없다.

혹은 마주보고 달리는 기차, 피할 수 없는 극한의 대립의 경우도 종종 경험하게 된다. 그것이 치킨게임으로 끝나버리면 종말의 파국은 면하지만 한쪽의 상대는 굴욕을 감수해야만 한다.

아울러 누구에게는 가장 소중한 사람이 다른 사람에게는 불구대천 철천지 원수가 되기도 한다.

운명의 소용돌이에 휘말려 모두가 파멸하거나 그것을 어쩔 수 없이 지켜보아야만 하는 냉철한 경우에 빠지는 경우도 있다.

이것은 텔레비전에서 추구하는 평범한 연속극의 이야기가 아니다.

알게 모르게 우리는 피할 수 없는 인연의 고리에서 헤어나지 못하고 그 회오리의 중심에 있다. 사소한 거래나 단순한 인간관계에서도 그것은 철저하게 적용되고 있다.

사는 것이 곧 갈등의 연속인 것이다.

이런 것을 알고 느끼고 해결하고자 하고 궁극적으로 그런 인연의 고리를 만들지 않으려는 것이 수행의 요체일 것이다.

공부를 하고 있던 어떤 스님이 조주 선사에게 말했다.

"스님, 저의 마음에는 실오라기 하나 걸친 것이 없습니다."
"뭐가 없다고?"
"저의 마음에 실오라기 하나 걸친 것이 없다는 말씀입니다."
스님이 말씀하셨다.
"그대는 정말 굉장한 것을 걸치고 있구나!"
또 한 스님이 물었다.
"누가 부처의 향상인向上人입니까?"
"소 끌고 밭을 가는 일일 뿐이다."
다른 스님이 물었다.
"바깥에서 갑자기 누가 '조주는 무슨 법문을 하더냐'고 물으면 무어라고 대답할까요?"
"소금은 비싸고 쌀은 싸다."
한 스님이 물었다.
"무엇이 부처입니까?"
"너는 부처냐?"
한 비구니가 물었다.
"무엇이든 했다 하면 모두가 찌꺼기에 떨어지고 맙니다. 스님께서는 아무 것도 하지 말고 대답해 주십시오."
스님께서는 비구니를 꾸짖으며 말씀하셨다.
"물을 가져 와서 솥에 붓고 끓여라."
다른 스님이 물었다.
"큰 바다는 모든 강물들을 받아들입니까?"
"큰 바다는 '나는 모른다'고 말한다."
"어째서 모릅니까?"
"나는 모든 강물을 받아들인다고 결코 말하지 않는다."

한 스님이 물었다.
"무엇이 저 자신입니까?"
"죽은 먹었느냐?"
"먹었습니다."
"발우를 씻어라."

끝없이 이어지는 질문과 대답, 그러나 막힘이 없는 별빛과 같은 대오大悟의 역사役事…….

조주 스님의 말씀은 강물과 바다와 같다. 거침없이 뛰어나가는 호랑이와 같다.

마른 하늘을 쪼개어버리는 번개와 같다.

한 치의 망설임도 허용하지 않는다.

끊임없이 일어나는 망상과 번뇌를 경계함이 아닐까?

인간들이 가진 아집과 오만에 날카로운 칼을 들이대는 것과 같은 섬뜩함이다.

우리가 삶을 살아가는데 있어서의 의심과 의혹, 망설임, 견줌, 비교, 허위, 방종과 치기稚氣를 단칼에 동강을 내어 버린다.

우리 안의 이중성은 가장 비열한 내부의 적이라고 나는 생각한다.

나부터 우선 추위와 더위, 배고픔과 포만, 선과 악의 자의적인 판단, 승僧과 속俗의 경계, 하물며 선禪과 교教, 깨우침과 수행의 갈림길에서 방황하기 일쑤가 아니었던가?

우리는 우리만의 언어로 우리의 행동을 정당화시키고 합리화시키려 한다.

관습의 타성으로 인한 핑계를 잘도 만들어낸다.

나의 편의와 나의 안일을 위해 나의 울타리에서 절대로 벗어나지 않으려 한다.

위장과 위선이 화학적 가역반응을 하고 확대재생산 되는 것이다.

두터운 가면의 생을 사는 것, 그 이중성의 삶은 진정한 자유와 해방을 기대할 수 없다.

만성의 소화불량과 같은, 업業의 집중적 정체로 인한 병목현상의 생을 살 수밖에 없는 것이다.

그러나 조주 스님은 철저히 그런 관념적인 삶을 거부한다.

본성에 다가가는 것, 깨우치는 것, 자신의 우주가 곧 전체의 우주라는 세계관을 가지지 않았나 생각이 된다.

오직 실체를 바라본다는 것, 그보다 가슴 뛰는 일이 어디에 있을까?

그 상쾌하고도 통쾌한 기쁨은 과연 언제가 될 것인가?

끝이 없는 대립, 끝이 없는 조화

세상의 모든 것은 작용과 반작용이다.

그리고 정반합의 변증법적 발전은 언제나 유효하다.

반목과 대립과는 차원이 다른 것이다.

일상의 생활에 있어서의 사소한 대립은 그 일상만큼이나 사소한 것이긴 하지만 쉽게 간과할 수 없는 상황들이 너무나 많다.

그것은 들판의 풀들이 마음대로 피어나고 이름 모를 꽃들이 나름의 생명력으로 자생自生하는 것과 마찬가지 이유가 아닐까 싶다.

그것은 물과 공기와 같은 것이기도 하고 닭과 계란의 우선순위를 따지는 것처럼 단순하나 불가분의 문제의 우위를 다투는 것과 같아서 그런 문제에 봉착할 때마다 본의 아니게 문수보살의 지혜를 요구받게 되는, 어처구니가 없지만 즐거운 경우를 자주 접하게 된다.

그것이 사람 사는 재미라고 치부하며 애써 위로를 하기는 하지만 수행하는 사람으로서 신도들의 사소한 궁금함을 명쾌하게 해결하지 못하는 어려움을 그들도 이해하지 못하는 것도 아니고 도리어 농담 삼아서 그런 질문을 던지는 사람들에게 오히려 고마움을 느낄 때도 있다.

그러나 그렇게 곤란한 경우에 처할 때의 처신의 문제를 생각하면 가볍게 생각하고 구렁이 담 넘어가듯 넌지시 넘길 일이 아니었다. 신도들은 그리하여 나를 항상 긴장하게 하는 훌륭한 스승들이다.

일상적인 생활 속에서의 선을 생각함에 있어서도 나는 이와 비슷한 경우를 수도 없이 보아 왔지만 이때껏 명쾌한 해석을 내리지 못하고 있다. 나의 게으름과 불성실의 결과이다.

우리나라 불교계에서 자주 논의 되는 문제 중의 하나로 돈오頓悟와 점수漸修가 있다. 신도들로부터 그런 질문을 부지기수로 받는다. 이런 문제는 신도들에 설명을 위해서가 아니라 나부터 그 문제에 대한 명확한 정립이 필요한 문제이기도 하다.

교와 선이 불교 전체의 종파 사이에서 쓰이는 말이라고 일단 정의를 한다면 돈오頓悟와 점수漸修는 선의 내부에서 갈라지는 표현으로서의 하위개념이라고 할 수 있을 것이다. 돈오란 찰라에 깨닫는다는 뜻이며 그 가르침을 돈교라고도 표현한다. 점수란 점차 닦아나간다는 뜻으로 점수는 보통 돈오와 대비하여 점오라고도 하고 점오의 가르침을 점교라고 한다는 것이 일반적인 설명이다.

교教라는 것은 불타의 가르침, 즉 교리를 문자를 통하여 이지적으로 이해하는 것을 말한다. 아울러 선禪이라는 것은 불타의 가르침을 문자에 의지하지 않고 참선에 의하여 나의 마음으로 깨닫는 것을 이르는 말이다.

교와 선의 이러한 구분은 사실 교관이문教觀二門이라는 말로 더 정확하게 표현이 되는데, 이것은 교상문과 관심문의 두 대문이라는 뜻이다. 교상이란 불타의 가르침의 조직적인 모습이란 뜻이고 관심이란 마음을 본다는 뜻이라고 해석할 수 있다. 즉 철학을 역사적으로 이해하는 것은 교상문, 주제적으로 파악하는 것을 관심문이라 할 수 있다.

역사적 이해방법을 통시적으로 부르고 주제적 이해방법을 공시적이라 한다면 교는 통시적이며 선은 공시적이라고 할 수 있다. 이 두 개의 방법은 불교를 이해하는데 있어 불가분의 관계에 있다.

선이 없는 교는 공허하다. 그리고 교가 없는 선은 맹목적이다. 그것은 아이슈타인이 말했듯이 종교가 없는 과학은 절름발이요, 과학이 없는 종교는 맹신이라는 말에서도 드러난다. 그런가 하면 모든 과학이 열어버린 진리의 뒷문에는 반드시 신의 얼굴이 있다는 어떤 교황의 말도 있는 것을 보면 그 집착의 열성에는 달걀과 병아리의 우선 순서를 다투는 그것과 하등 다를 바가 없다는 것이 나의 생각이다.

나의 표현이 거칠었다면 고개 숙여 사과해야겠지만, 다만 그것의 신성과 존엄에 다한 존경에는 아무런 변함이 없음을 정중하게 밝힌다.

교와 선이 중요한 방편이기는 하지만 그것으로 모든 것을 단정할 수는 없다. 나 스스로에게 묻거늘 선이건 교이건, 그것에 제대로 빠져본 적이 있으며, 목숨을 걸고 공부한 적이 있느냐를 묻는 것이 훨씬 인간적이고 현실적인 물음이 될 것 같다.

그도 그럴 것이 나는 아직 그럴 필요를 느끼지 못했을 뿐만 아니라 그것은 한 몸에서 나온 쌍둥이일 뿐이라는 것이 평소의 나의 지론이다. 양립하여 서로가 빛나는 것이지 홀로 반짝일 수는 없다.

나는 선과 교의 궁극적인 목표는 동일하다고 생각하고 있다. 그것은 서로 조화를 이룰 때 더욱 빛날 것일 뿐만 아니라 당연히 그래야만 할 일이기 때문에 다툴 필요를 도대체 그 필요성을 애초에 느낄 수가 없기 때문이라고 나는 당당하게 항변하고 싶다.

내가 생각한 비유는 이러하다. 하늘의 달이 맑은 물에 비추이면 맑게 보일 것이고 탁한 물에 비추이면 흐리게 보일 것이다. 그리고 상류는 맑고 하류는 대개 흐리게 마련이다. 일관되게 깨끗할 수는 없다.

그러나 달은 그 본래의 모습을 절대 잃지 않는 법이다. 달은 하나일 뿐이다. 이것은 손가락을 보느냐, 달을 보느냐의 문제와 같은 것이라고 나는 생각한다. 돈오를 보는 사람은 돈오만 볼 뿐이다. 마찬가지로 점수를 보는 점수만 볼 뿐이다. 이보다 더 어리석은 일이 어디 있을까 싶다.

나는 이렇게 정리를 하고 싶다. 석가모니 부처님은 산스크리트어로 샤카무니이다. 샤카란 깨달음, 무니는 수행을 말한다는 것으로 나는 이해하고 있다. 즉 깨달음에 의해 수행을 하고, 수행에 의해 깨달음을 얻는 것이다. 이것은 영원히 반복되는 것이다. 깨달음에의 의지는 영원히 지속될 지도 모르는 일이다. 깨달았다고 하는 순간의 그 정점에서 머물러 버린다면 그것은 논리적이고 이론적인 깨달음일 뿐일 것이다.

선과 교는 서로에게서 결코 결핍될 수 없는 상대적인 요소를 지니고 다투며 상생한다. 돈의 막다른 골목에서 점이 생성되고 점의 완성에서 돈은 비로소 그 자체를 드러낸다. 그리고 지속적인 발전을 도모한다. 그것을 원융圓融이라고 부르면 어떨지 모르겠다.

물 위에 떠있는 달은 본래 깨끗하지도 더럽지도 않았다. 그것은 우리가 처한 환경이 그렇게 만들었을 뿐이라고 나는 생각한다. 그런 것을 아는 것이 더 중요한 일이 아닐까 싶다.

그리고 돈과 점은 영원한 수행의 과정이다. 나아가 삶의 과정이다.

어느 것 하나 소홀할 수가 없다.

진리는 참으로 간단하다.

우리의 분별이 무서울 뿐이다.

탈을 위한 변명

거세개탁擧世皆濁 중인개취衆人皆醉

초나라의 탁월한 시인 굴원의 시에 나오는 한 구절이다.

세상이 다 혼탁하고 사람들은 다 취한 듯 제 정신이 아니라는 뜻으로 해석이 가능하겠다.

지금 내게 이런 시를 떠올리고 이런 말을 할 수 있는 자격이 있는가를 먼저 자책을 하면서 생각의 마당을 거닌다.

영원히 자유자재한 삶을 살 수 있다는 가능성을 염두에 두고 먼저 철저한 자기수행의 자각이 없이는 수행자의 삶은 아무런 의미가 없다.

그 광대무변의 부처님의 뜰에서 잣나무의 씨앗과도 같은 깨달음 하나라고 건질 수 있으면, '아침에 도를 얻으면 저녁에 죽어도 좋다'는 공자의 말씀에도 나는 전적으로 동의한다.

다만 사회학적인 용어인긴 하지만 나 하나의 근기의 부족으로 인해, 그 '수용의 약체성'으로 인해 내가 그냥 부처님의 말뜻을 흐리고 더 나아가 수도 없이 많은 불심의 씨앗들에게 무엇인가 조금이라도 잘못된 길을 제시하는 어리석음을 저질렀지는 않았는가 돌아보게 되는 것이 요즈음의 삶이다.

'탈'이라는 명사를 나는 요즈음 곰곰이 생각한다.

탈은 그냥 얼굴을 가리는 도구에 불과하다. 하회탈을 생각해도 좋고 서양식의 가면을 생각해도 좋을 것이다. 그러나 탈은 말 그대로 가짜의 얼굴이다.

그것은 희화의 도구이기도하고 비유의 용어이기도 하다. 본질을 가리는 기만의 도구로 탈이 이용되어서는 더더욱 안 될 일이지만 간곡한 화법으로서의 탈은 정곡을 찌르는 수사의 도구로 그 기능이 변모가 된다. 탈의 순기능과 역기능에 대한 이중적인 효과라고 나는 말하고 싶다. 다만 그 이중적인 기능이 그것을 사용하는 주체의 마음가짐, 혹은 사회적 성향과 개인적인 의지를 지적하고 싶다.

다른 사람의 탈에 대한 그 효용성과 기능에 대해서까지 말할 수 있는 오지랖이 나에게는 없다. 나부터 일상의 생활에서 탈을 임의로 착용하지 않았는지 되돌아 볼 뿐이다.

살아간다는 것은 늘 어려운 일이다. 그것은 끊임없는 대립이다. 역사학자 토인비는 역사는 끊임없는 도전과 응전의 역사의 결집이라고 정의한 바 있다. 나는 그것에 빗대어 사람의 일상적인 생활 역시 그와 다를 바가 없다고 생각한다.

나날이 마주치는 모든 사람과의 관계와 대립 속에서 일정한 부분을 성취해 나가기도 하고 깨어지기도 한다. 그래서 화합보다는 분쟁을 통한 개인의 이익의 극대화가 앞서게 된다. 그리고 조화보다는 경쟁을 은근히 조장하는 분위기를 만들어냈다. 그리하여 경쟁에서는 불법이 앞서고, 목적을 성취하기 위한 과정의 정당한 평가 없이 그 이루어낸 결과물에만 모든 관심이 집중이 되어버린다.

그래서 사람은 본의든 본의가 아니든 경쟁의 과정에서 나름이 방법으로 탈의 형태를 취하게 되는 것이다. 간편하기 때문이다. 결과가 주는 성취의 기쁨에 과정은 생략하여 버리는 것이다. 그래도 인간의 기본적인 감정을 미처 떨쳐내 버리지 못해 편법으로 탈의 방법을 선택하는 것이다. 그런 허위의 최소한의 예의를 표하며 일정 부분 자신의 정신적 도피처 혹은 자기 위안의 핑계를 만드는 것이다.

중국의 전통적인 순수무대예술 중에 '변검'이라는 것이 있다. 이 변검이라는 예술은 극중의 배우가 가면을 바꾸어가며 연기하는 것으로 일종의 표현예술이라고 할 수 있다. 그 기술이 너무나 눈 깜짝할 사이에 이루어져 관객들은 가면이 바뀌는 과정을 전혀 눈치를 채지 못하면서 감탄만 내뱉을 뿐이다. 그 전수기술도 베일에 가려져 있다고 한다.

나는 변검의 뛰어난 예술성을 비하하고 싶은 마음으로 이런 예를 드는 것이 아니다.

다만 세상의 많은 사람들이 이런 상황에 한 치도 어긋남이 없이 변신을 밥 먹듯이 하는 삶을 살고 있음을 지적하고 싶은 것이다.

마음을 바꾸고, 얼굴을 바꾸고, 신념은 물론 가치까지도 순식간에 바꾸어버리는 영악의 극치를 걷는 사람들의 위악을 지적하고 싶은 것이다.

내가 주도하면서도 내가 아닌 것으로 위장하는 것, 그것이 탈의 삶이다.

그러나 그런 구조 속에서는 개인의 성취는 있을지언정 전체의 조화로운 발전은 절대로 없다. 하늘의 그물은 엉성해 보이기는 하지만 결코 걸러내는 법이 없다. 불교에서 말하는 인드라를 이야기하는 것이 아니다. 역리는 순리를 결코 이길 수 없음을 말하고자 함이다.

정의를 이기는 불의는 없다는 투의 고전적인 이야기를 나는 하고 싶지가 않다. 정의를 이기는 불의는 이미 사회 도처에서 그 독버섯으로 존재하고 있다. 법의 테두리라는 미명 하에 법의 망을 그야말로 법적으로 피해가는 합법의 불법이 지성의 이름으로 가능하지 않는가!

원효 스님의 화쟁和諍을 생각한다.

객관적인 이해를 돕기 위해 그 사전적인 의미를 옮겨보도록 하자.

화쟁은 모든 대립적인 이론들을 조화시키려는 불교의 사상이다.

이 화쟁의 사상은 우리나라 불교에서 가장 특징적인 사상이다. 신라의 원광圓光 법사나 자장慈藏 스님에서 이 논의가 비롯되었으며, 삼국통일시대의 승려 원효元曉 스님이 집대성했다고 알려져 있다.

원효 스님이 화쟁의 필요성을 느끼고 그것을 강조하게 된 것은 신라로 흘러 들어온 불교 이론들이 매우 다양하여 그에 따른 논쟁이 매우 격심했기 때문이다. 삼국이 대립한 시대적인 배경도 큰 영향을 미쳤다.

모든 정치가들과 이론가들은 자신들의 이론만이 옳다고 주장하면서 다른 이론들을 철저하게 배척한다. 이러한 시대적인 배경과 사람들의 태도, 이론적인 상호모순을 해결하기 위해 창안한 것이 바로 화쟁의 방법이자 해결책이라고 그는 생각했다.

화쟁의 대상은 그의 시대에 나타난 모든 불교 이론들과 사회의 상황을 포함한 모든 것이었다, 논리적 근거는 평등하고 차별이 없는 일심一心에 두었다. 또한 화쟁은 언어적으로 표현된 이론들을 대상으로 하기 때문에 언어에 대한 이해를 필요로 한다고 그는 우선적으로 생각했다.

원효에 따르면 진리를 전달하고자 언어를 사용하기도 하지만 언어와 진리가 고정적이고 불가분의 관계를 형성하고 있는 것은 아니라고 판단한 것이다. 언어를 다만 진리의 전달 도구로 사용할 뿐이므로, 이러한 언어의 도구성을 정확하게 이해하고 이에 집착하지 않는 태도가 필요하다고 생각했던 것이다.

그는 개비개시皆非皆是의 방법을 선택했다. 이것은 둘 다 틀리고 둘 다 맞는다는 것이다. 이해 당사자에 대한 모든 시비의 근원을 모두 부정하고 모두 시인한다는 것이다. 이것은 오늘날의 양비론, 양시론과 거의 흡사한 풍경이다. 보기에 따라서는 기회적이고 이중적이면서 무책임하기까지 하다.

그러나 그는 언어는 진리를 전달하기도 하지만 왜곡시키기도 한다는 그 이중적인 속성을 정확하게 파악해야 한다고 이해한 것이다. 언어에 대한 이러한 이해는 하나의 이론에 집착하는 것을 막아준다고 그는 생각했다.

이러한 바탕 위에서 원효 대사는 극단을 버리고 긍정과 부정을 자유자재로 오가며, 경전에 대한 폭넓은 이해를 통해 구체적인 화쟁을 전개했다. 폭 넓은 사유가 없이는, 그리고 상대에 대한 이해와 전폭적인 신뢰가 없으면 불가능한 일이다.

우선적인 화쟁의 방법은 언어의 한계를 지적하고 부정을 통하여 집착을 떠나게 하는 것이었다. 그러나 부정만으로 집착이 없어지는 것은 아니다. 오히려 부정 자체에 집착할 수 있다. 그렇기 때문에 다시 부정의 부정으로 나아간다. 이렇게 긍정과 부정의 극단을 떠나게 되면, 거기에서부터 긍정과 부정을 자유롭게 할 수 있게 된다.

그리고 이것을 가능하게 해주는 기초는 불경에 대한 폭넓은 이해이다. 어느 한 가지의 경전에 집착하지 않고 두루 불경의 내용을 이해하여 폭넓은 시각을 가짐으로써 올바른 견해를 낼 수 있는 것이다.

아울러 사람에 대한 이해, 시대에 대한 이해가 병행되어야 함은 불문가지의 일이다.

여기에서 내가 발견한 것은 너의 다름과 나의 틀림을 인정하고 서로의 탈을 벗자는 말을 하고 싶다. 말 혹은 언어는 폭력적 흉기에 다름 아니다. 언론의 발달, 미디어의 발달은 그것을 정화하기에 앞서 더더욱 세련된 폭력으로 우리의 생활을 점령하고 있다.

대한민국의 오늘은 어느 누구의 전유물이 아니다. 사회발전에 따른 필연적인 결과로 계층과 업종이 구분되고 빈부의 격차나 의식의 분화, 정치적인 성향마저 실핏줄처럼 흩어져 각각의 기능을 충분히 수행하고 있기는 하다.

그러나 안타깝게도 그 진정성이 서로에게 충분히 전해지지 않는다. 이러니 국론분열의 문제가 야기되고 화합의 문제가 신문의 지면을 장식하는 안타까운 일이 벌어지는 것이다.

탈을 벗으면 그만인 것을!

통즉불통通則不痛, 불통즉통不通則痛

통하면 안 아프고 안 통하면 아프다는 말이 어찌 한의학에서만 쓰이는 말일 것인가!

진정성이 문제다. 자신의 탈을 벗으면 진정성은 그대로 전해진다. 그 온기까지 전해질 것이다.

본성을 말하기 이전에 본질부터 깨달아야 한다.

산중의 사람이 말하기에는 다소 버거운 말임을 나는 스스로 안다.

그러나 탈은 남을 위한 봉사와 희생의 도구이지 남을 짓밟고 무시하고 자신의 잘못을 비호하기 위한 비겁한 도구가 아니다.

탈을 벗어야 한다. 그것은 나부터 그래야 할 것이다.

경허 스님의 말씀이 생각난다.

"대저 사람이란 정작 사람이 되기가 제일 어렵고, 사람이 되어도 중노릇하기 어렵다. 중이 되어도 부처님의 바른 법을 만나기 어려우니 항상 깊이 생각하고 뉘우쳐라."

사람은 위대한 생물체이다. 자신을 변모시켜 타인에 대한 시선을 왜곡시킬 수 있을 만큼의 카멜레온적인 능력이 내재되어 있을 뿐만 아니라 무한의 변신을 의지대로 실행할 능력이 있다.

그래서 사람은 스스로를 경계하지 않으면 안 된다. 무한의 능력에 기대어 스스로를 제어하지 못한다면 그 끝은 혼자만의 파멸이 아니라 공멸의 무서운 결과를 초래한다.

바른 생각, 바른 법은 사람의 길, 부처의 길이다.

수행의 저 먼 길 위에서 이런 생각을 한다.

가을바람이 부는 산사의 모습은 그래서 아름답다.

산사에서 인연의 땀을 잠시 식히는 가을이었으면 좋겠다, 잠시라도 탈을 벗고 말이다.

그 벗은 탈은 부처님께서 거두어 가실 것이다.

신나는 불교, 즐거운 불교

야단법석野壇法席이란 말이 있다.

나는 이 말속에 내포된 역동성이 좋다.

사전적인 의미에 따르면 사람들이 많이 모여 떠들썩하고 시끄러운 모습이라는 뜻으로 통용된다. '야단野壇'이란 '야외에 세운 단', '법석法席'은 '불법을 펴는 자리'라는 뜻이다. 즉, '야외에 자리를 마련하여 부처님의 말씀을 듣는 자리'라는 뜻이라고 이해하면 될 것이다.

법당이 좁아서 많은 사람들을 한곳에 전부 수용할 수가 없으므로 야외에 단을 펴고 설법을 듣는 것이다. 그만큼 말씀을 듣고자 하는 사람이 모였기 때문일 것이다.

한 기록에 의하면 부처님께서 야외에 단을 펴고 설법을 할 때 최대 규모의 사람이 모인 것은 영취산에서 법화경을 설법했을 때로 알려지고 있는데 무려 3백만 명이 모였다고 한다.

사람이 많이 모이다 보니 질서가 없고 시끌벅적하고 어수선하게 된다. 이처럼 경황이 없고 시끌벅적한 상태를 가리켜 비유적으로 쓰이던 말이 일반화되어 일상생활에서 흔히 쓰이게 되었다는 것이 사전적인 설명이다.

일반적으로 우리가 알고 있는 불교는 정적靜的인 종교이다. 깨달음을 얻기 위해 명상에 몰두하고 화두와 공안에 파묻혀 끊임없는 침묵 속에서 자아에의 본질을 찾는 종교이다. 철저히 고립된 자아 안에서 외로운 수행을 거듭하여야만 한다.

오도吾道의 순간을 향한 집념은 그 어떤 불순물도 허락하지 않는다. 그래서 또 닦고 닦는다. 그래도 부족한 것이 불교이다.

이런 의미에서 나는 불교를 종교로 언급하는 것도 틀린 말은 아니지만 밝은 학문이라고 말하고 싶다. 어찌 세속적인 의미의 종교만으로 불교를 취급할 것인가? 저 너머의 광대한 그 무엇을 찾아가는 신성한 순례를 말이다. 오직 의지로만 떠나는 그 고독하고 유쾌한 여정을 말이다.

유쾌하다는 말에서 유추되는 가벼움만을 떠올려서는 곤란하다. 유쾌하다는 것은 거침이 없다는 말과도 일맥상통한다고 나는 믿는다. 영원한 자유인에의 갈망에서 죽을만큼의 고통의 과정을 지나 깨달은 자신을 발견하고 생사의 갈림길에서 망설임이 없이 자유자재함을 얻는 것이 어찌 유쾌하지 아니하겠는가 말이다.

다시 야단법석의 테두리로 들어가 보자. 부처님의 밝은 그림자만을 경험하는 것으로도 수없이 많은 업장 중의 일부가 소멸될 것이란 말이 있다. 불보살의 명호를 부르는 것만으로도 업보가 소멸되리라는 말도 있다.

그러나 과중한 수행과 수없이 많은 경전의 어려움에 봉착하여 지레 겁을 먹고 껍데기의 불교에 도취되어 귀중한 시간을 낭비하는 어리석음은 마땅히 지양되어야 한다. 그러기 위해서는 즐거운 불교가 선행되어야 함이 평소의 나의 생각이다.

안거에 돌입하여 지독한 수행을 할 때에도 스님들은 잠시의 쉼을 통해 호흡을 조절하고 체력을 분배하며 건강을 챙긴다. 지대방에 모여 입담 좋은 스님의 법담을 듣는 것도 즐거운 일이다. 수행의 과정을 담담하게 설파하고, 만행 중의 음미할만한 선행을 듣는 것도 좋은 수행이었다. 차 한 잔을 사이에 두고 먼 산을 바라보며 이심전심의 법력을 나누는 것도 좋은 일이다.

이처럼 굳이 경전과 수행을 통하지 않더라도 세상살이 모두가 공부의 대상이 된다고 나는 생각한다. 지극한 관심이 선행되어야만 무엇이든지 시작이 될 수 있다. 당연히 많은 신도들의 자발적 참여가 없이는 불교의 대중화는 요원한 일이다.

앞에서도 언급했듯이 과중한 수행과 경전에의 두려움이 그것을 막아서는 안 된다는 것이다. 불교의 대중화는 이미 포괄적으로 이루어졌다고 한다. 그러나 그것은 수적인 의미에 지나지 않는다.

이제는 내용으로의 내실화를 다져야 한다. 세상은 급변하고 의식의 변화도 광속의 속도다. 기업의 경영도 웃음을 기치로 내걸고 관심을 유발하여 효과를 극대화시키려 한다.

흔히들 세속적으로 즐기면서 하는 그것이 다른 어떤 의지보다도 더 훌륭한 결과를 도출한다고 한다. 불교를 즐기지 말라는 법이 경전 어디에 있다는 말인가! 프로페셔널일수록 즐긴다는 말을 자주 하는 것을 쉽게 볼 수 있다.

결과에 연연하지 않고 즐기다보면 좋은 결과가 창출된다는 것이다. 과정의 중요성을 강조하는 것이라고 나는 판단을 한다.

어떤 일을 하든지 경박해서는 안 된다. 그러나 중심을 알고 몰두하면서 즐기는 것은 결과 이상의 가치를 아울러 생산한다. 늘 성공하는 일류의 기업이, 최고의 가치를 지닌 스포츠 구단이, 화목한 가정이 이런 사실들을 극명하게 증명하고 있다.

종교라는 속성이 늘 그런 것처럼 불교도 예외는 아니어서 어려운 불교, 심오한 불교의 고전적인 틀에서 완전히 벗어날 수는 없다. 그러나 변화는 반드시 필요한 법이다. 그 변화의 시작은 즐거움이어야 한다는 것이 나의 척박하고 짧은 해결책이자 하나의 방법적 결론이라고 말하고 싶다. 아울러 점진적인 변화는 아주 사소한 것에서부터 시작된다는 격언의 의미를 결코 놓치고 싶지가 않다.

즐거우면 몰입하게 된다. 억지로 시키는 것은 부작용만 낳는다. 몰입하다 보면 또 다른 몰입, 다른 경지를 스스로 찾게 된다. 거기서 비로소 자기의 길, 자기만의 방법, 자기만의 세계를 찾아내는 것이다. 그리고 궁극적인 질문의 대문 앞에 당도하게 되는 것이다.

이론적으로 그것은 참으로 간단하다고 누군가는 지적할 것이다. 그러나 나는 당장 실현가능한 사소한 무엇이라도 찾아내어 실행하는 마음이 더욱 중요하고 그 다음의 문제와 결과는 그때 가서 또 고민하라고 충고하고 싶다.

누군가는 템플 스테이를 실시하고 누군가는 108산사 순례를 기획하고 실행한다. 누구는 노래교실을 열고 또 누구는 방생을 떠난다. 수지침을 강의하고 요가를 가르치고 건강교실을 연다. 다 좋은 방법, 재미있는 불교를 만들기 위한 방편들이다.

나는 거기에 덧붙여 재미있게 교리를 이해하고 경전을 이해하고 선과 교를 공부할 수 있는 프로그램을 개발하여 필수적으로 병행해야 한다고 말하고 싶다. 오직 사람들의 관심과 참여만을 유도하기 위한 행사 위주의 프로그램은 그것 자체도 필요한 법이지만 그것이 주요행사가 되어서는 곤란하다.

행사와 공부의 비율을 모임 자체의 수준에 맞춰 자연스럽게 조절하여 글자 하나, 일화 하나, 말씀 한 구절이라도 가슴에 새기게끔 유도하는 것이 정말 중요하다는 사실을 말하고 싶은 것이다. 그런 것이 쌓이고 쌓이면 재미와 건강은 물론 지식까지 챙기는, 그야말로 정신적인 건강까지 챙기는 모임이 될 것이다.

외형과 내실의 균형은 시간이 지나면 지속적으로 쌓여 저변이 튼튼한 불교가 될 것이라는 것이 나의 믿음이다. 어디에선가 언급을 했듯 호기심을 유발하고 끊임없는 관심을 표명하는 진정성이 전달된다면 스스로 익어가는 신도, 저절로 부하는 불자, 기본이 충실한 신자가 되는 것이다.

배우고자 하는 사람에게는 반드시 어디에선가에 스승이 기다리고 있다고 했다. 법을 만나는 인연을 만드는 것보다 소중한 일이 또 어디에 있을까? 그 선근을 성심껏 준비하는 그 손마다 마음마다 햇살은 가득 넘칠 것이다.

재미가 있다는 것은 뇌의 능력을 활성화시켜 사람으로 하여금 밝게 웃게 만들고 건강에 많은 영향을 미친다. 즐겁다는 것은 마음의 능력을 한껏 고양시켜 준다. 그리하여 자발적으로 자신을 변화시킨다. 스스로 마음을 밝은 곳으로 인도하는 것이다.

근심을 녹여 마음을 밝은 곳으로 향하는데 근심걱정이 적수가 될 수가 없다. 혹 그것의 깨달음의 폭이 비록 깊고 넓지 않다 하더라도 부처님의 마당에서 이루어지는 일일 바에야 이미 축복이 아니겠는가?

우리 불교는 더욱 젊어져야 한다. 역동적인 종교가 되어야 한다. 에너지가 결집되어 넘쳐나야 한다. 즐거운 불교, 재미있는 불교가 그 해답이 될 것이다.

그것은 개인을 위해서도 사회를 위해서도 바람직한 일이다. 이런 의

지들이 모이고 모이면 진정한 공동체의 기반을 마련하는데도 큰 도움이 될 것이다.

그리고 모든 사람들의 잠재력, 그 본성, 그 불성을 나타나게 하는 소중한 시발점이 될 것이다. 이것은 나의 작은 발원이자 최후의 발원이다.

갓난아이의 웃음소리

지극한 경지에 오른 사람은 백척간두에 서 있어도 평지나 다름없는 자세를 유지한다.

〈열자〉에 나오는 한 마디이다.

어린 아이는 어떠한가?

그 마음에는 경계가 없다. 무섭다, 두렵다는 생각이 없다.

다만 눈앞에 펼쳐진 그 풍경과 자기의 의지만이 전부이다.

마음의 결심, 그 본능대로 행할 뿐이다.

항거하지 않고 대립하지 않는다.

상대할 존재는 오직 자기 자신뿐이다.

상대할 그 무엇을 아예 모를 뿐만 아니라 경계의 대상에 대한 어떠한 정보도 가지고 있지 않다.

본능이라고는 하지만 순수한 욕구만이 있을 뿐이다.

먹을 것, 배설할 것, 충분히 즐거워야 권리, 가장 편안하고 가장 안락하고 모든 사람들에 보호받을 의무만이 그들의 특권이다.

그들은 우주의 먼 곳에서 지금 지상으로 막 도착한 천사이다.

별의 존재이기도 하고 달의 존재이기도 하다. 이슬인가 하면 바람이기도 하다.

그러나 미래의 태풍이다. 미래의 존재이다. 미래를 주재할 희망의 대명사이다.

가능성의 극한의 표현체이다.

왜 그들이 천상천하 유아독존의 발현으로 상징이 되는가?

부처님이 그러하시지 않으셨는가?

그것은 독선이 아니라 중용中庸으로서 온전하게 순수하기 때문일 것이다.

가장 작은 몸으로 현존하는 존재이지만 가장 아름답고 순수한 상징이자 표상일 것이다.

어린 아이들의 노는 모습을 보거나 웃는 모습을 볼 때마다 나는 천상의 아름다운 나라의 재현을 느낀다.

그런 체험이 없으면, 그리고 그런 탄생이 없으면 세상은 이미 존재하지가 않거나 물리적으로도 그 영속성을 지탱할 수가 없을 뿐만 아니라 그 의미도 되새기기 힘들다.

그들은 이미 우리에게 초심初心을 이야기하고 하심下心을 이야기하고 그것이 성립되기 위한 중용中庸을 그대로 선험적先驗的으로 보여준다.

부처됨의 어려움은 어른이 아이의 시절로 돌아갈 수 없을 정도의 비교할 수 없는 절대적인 명제이다.

그러나 우리가 이미 경험했듯이 탄생의 당사자로서 기억은 희미할지도 모르지만 이미 우리는 그 탄생의 주인공이었다. 그래서 우리는 지금 존재하고 있는 것이다.

어떤 인생을 만날 것인가? 그것은 선택은 아니었다.

그러나 운명과 숙명의 수레바퀴에 그냥 내버려지지 않을 의지, 내재된 불성을 갖고 태어난 것은 분명했다. 다만 그것을 몰랐을 뿐이다. 깨닫지 못했을 뿐이다.

그렇다고 그것이 그냥 일반적인 삶으로 용해되어 무분별하게 시간을 낭비하고 세월을 흘려보낸 무지에 대한 변명은 될 수 없을 것이다.

지금 이 글을 쓰는 나 스스로도 그 사실을 나에게 문책한다고 나는 생각한다.

무엇일까? 어떻게 알고 살아가야 하는가?

갓난아이의 웃음에서 나는 그 해답을 찾는다.

자연과학적이고 생리적이고 물리적이며 지극히 자연스러운 인간관계의 결말, 혹은 사랑하는 사람들끼리의 결실로서 탄생의 의미를 성급하게 정의해 버린다면, 누가 저 갓난아이의 웃음, 별이 쏟아져 내리는 듯 저 맑은 소리, 온갖 것의 축복을 함축한 저 명쾌한 소리, 의심과 경계의 여지를 무참히 무너뜨리는 저 순수의 음성을 도대체 어떻게 설명할 수 있을까?

불혹을 지나고 지천명을 지나며 이순의 나이에서 도무지 무슨 뜬구름 잡는 이야기를 하느냐고 되묻는 사람들도 없을 바는 아닐 것이다. 그러나 나는 다만 세상을 살아가는 방법에 있어, 내 마음 속에 남아있는 그 순수의 원형질原形質을 찾고자 노력하는 것이 수행이 가장 일차적인 방법이 아닐까 하는, 염려 섞인 노파심에서, 어울려 뛰어노는 아이들을 보면서 이런 생각을 한다.

세상은 어른들만의 그것이 아니다. 세상은 순환의 고리에서 절대 벗어나지 않는다. 업보를 생각함에 있어 그 경중輕重을 따지는 것은 참으로 어리석은 일이다.

갈수록 세상은 흉포凶暴해지고 뻔뻔스러워진다. 종교인도 예외가 아님을 본다.

아이들은 어른들의 아버지라고 했다. 살아있는 스승이다.

순수와 밝음에 있어 그 어떤 위인도 그보다 위대하지 못할 것이다.

강자의 횡포와 승자독식의 열악한 사회적 환경이 창출해 낸 살벌한 풍경 속에서 아이들의 도란거리는 소꿉놀이는 꿈의 정원에서 펼쳐지는 영원한 동경에의 그림이다.

아이들의 웃음소리가 가득한 세상, 그 웃음을 동경하고 닮고자 하는 작은 소망이 가득한 세상, 그것들이 어우러지는 세상이 바로 부처님 세상일 것이다.

백척간두의 현실에서도 아이들은 늘 평지를 만들어준다.

아이들은 살아서 웃고 있는 현실의 스승, 지금 바로 우리 앞의 스승이자 부처님이다.

그런 현실의 지평을 더욱 넓게 열어가야만 한다.

그러나 그 소망이 결코 작지 않은 염원이기에 더더욱 안타까운 오늘의 현실이다.

일찍이 부처님께서 말씀하셨듯 삼계三界가 화택火宅이다.

사람들은 그런 사실을 까맣게 망각하고 더더욱 타오르는 불꽃 속으로 뛰어들고 있다.

극히 관적인인 희망만으로 객관적 정세를 무시하고 혼동하며 자멸의 소용돌이 속으로 몸을 담그고 있다. 마치 하루살이나 부나방의 모습이다.

이런 때일수록 어린아이의 마음이 필요하다.

아이들의 문제를 거론한다고 해서 노령화사회의 구조적 문제를 걱정하는 것이 아니다. 이것은 본질적 존재의 문제이다. 숫자와 차례로 어찌 본질을 추구할 것인가?

순수하다는 것, 수행이 요체이다. 이것을 놓쳐버리면 되돌릴 수 없는 하나의 기회를 방기하는 것이다. 그것은 죄악이다.

마음 닦는 이의 출현이 더더욱 강조되는 시기이기도 하다.

그런 간절한 기원이 새벽까지 이어진다.

청부 清富

공자의 말씀이 아무리 뛰어난 학문이더라도 그대로 활용하며 이 시대를 살 수는 없다.

노자의 사상이 아무리 아름답다 하더라도 그대로 생활에 적용하며 여유자적하다 보면 미친 사람이라는 소리를 듣기 십상이다.

부처님의 말씀이 아무리 무소유를 강요하고 경건한 삶을 설파했다 하더라도 그 계율에 온전하게 맞추어 살 수는 절대 없다.

시대적인 편차, 생활방식의 변화, 근본적인 의식의 변화 때문이라는 것은 삼척동자도 이해하는 상황인 것은 분명하다.

그런 정신없는 사람이 존재하기에는 시대는 너무 앞질러 달려가고 있다.

어찌 보면 기술의 발달로 인해 생활의 편의는 극도로 발달되어 있지만 사람의 존재 자체가 자꾸 그 기술에의 종속이나 아니면 소외로 이어지는 것 같아 안타까울 때가 한두 번이 아니다. 나만의 지나친 기우일까?

사람들은 가만히 앉아 있어도 쏟아지는 정보에 너무나 노출이 되어 있어서 바보가 되려고 해도 될 수가 없는 세상, 그 존재만으로도 귀한 존재가 되고 말았다.

존재 자체가 온갖 상업적 마켓팅의 표적으로서 분에 넘치는 대우를 받고 있어 고민하지 않아도 그 지위가 이미 높고, 길을 나서는 순간부터 소비자로서의 왕의 대접과 더불어 자신이 가진 위치와 거기서 얻은 정보로 더 많은 물질적 부를 창출해 내는, 생산과 소비가 동시에 이루어지는 자신만의 절대자가 될 수 있기 때문이다.

한 줄의 입문서에서 자신만의 인생관을 찾아내어 정립을 하고, 바른 인생을 살기 위해 젊은 날 만나야할 스승을 찾아 불원천리를 마다하지 않고, 호연지기의 기개로 세운 가치관을 지키기 위해 목숨을 바치는 일 따위의 부질없는 짓거리는 이제 케케묵은 책이나 영화나 드라마, 그리고 아득한 관념 속에서나 가능한 일이 되어 버렸다.

가치의 비교가 손가락 하나의 움직임으로 이미 간파가 되고, 그 우위와 가능성과 의미는 이미 그 계산서가 작성이 되어 있어서, 선택의 순간만 남아 있다. 그리고 선택은 특별히 고민하지 않아도 되는 것이 실패와 성공의 매뉴얼마저 준비되어 있어 내가 얼마나 이 일에 재미를 느끼고 즐길만한 가치가 있느냐의 그 척도가 우리의 정신 속에 내재되어 있기 때문에 성공과 실패는 이미 중요하지가 않다.

실로 정신적으로나 육체적으로 엄청난 시대에 우리는 살고 있다. 꿈이나 영화 속의 가상의 현실들이 엄연히 우리 앞에 그대로 실현되는 세상, 아바타의 세상이 바로 지금의 눈앞에 도래한 것이 아닌가!

그런데도 무엇이 아쉬워서 대학에서는 인문학 강의가 줄줄이 폐쇄가 되는 실정인데도 기업의 일반현장에서는 인문학적 감수성이 필요하다고 아우성을 치고 아침마다 호텔에 모여 앉아 고고하게 그 먼지가 피어오르는 학문들을 청취하고 있는가?

무엇 때문에 학창생활 이후로 접어두었던 고전을 다시 탐구하거나 재해석을 하면서 새로운 정신적인 에너지를 발굴하려 하는가? 그것은 몇몇 성공한 CEO들만의 전유물로 그들의 지적인 허영심에서 비롯된 호사가적인 단순한 취미일까?

그에 대한 답은 스스로 치열한 삶을 살아온 사람일수록 명쾌하게 대답을 하고 있다.

과연 돈을 추구하는 것은 단순히 부자가 되기 위함일까?

성공한 사람일수록 그것이 아니라고 대답하는 것은 무슨 이유인지는 우리 모두가 고민해야 할 즐거운 숙제일 것이다.

마찬가지로 공자와 노자와 부처의 말씀에서 그 고리타분한 뜻에만 매달려 아직도 그 행간을 읽지 못하는 눈 뜬 장님으로서의 비참한 삶을 우리는 그대로 답습하며 살아야 할 것인가?

성공한 CEO들이 경영의 고민 끝에서 발견한 인문학의 경지에서 새로운 길을 찾는 것처럼 광속의 발전을 누리는 오늘날의 무한의 경쟁에서 근본의 문제에 조금 시간을 할애하여 자신의 문제에 눈을 돌려본다면 그것은 십보 전진을 위한 단 일보의 후퇴가 아니라 무한질주를 위한 잠시의 '쉼'과 자기성찰의 '일시정지'일 것이다.

나 자신과 나를 둘러싼 여건과 현실을 확실하게 인지하지 못하고 끊임없이 창출하고 쌓아올린 어마어마한 부는 시간이 얼마 지나지 않아 기억에서 사라져버리는 허망한 명성처럼 모래 위의 누각일 것이 분명하다.

명분이 없는 부는 앞에서는 칭찬의 대상이지만 돌아서면 손가락질의 대상이다. 신기루에 불과하다. 아무도 마음에 담아두지 않는다. 그럼에도 불구하고 오로지 부의 창출에 목을 매는 대개의 사람들의 엄중한 현실은 또 무엇을 말하는가?

삶은 무엇인가를 이룩하기 위해서 오늘도 바쁘게 진행된다.

그 최고의 가치의 척도, 능력의 인증이 오직 부와 명예에 매달려 있다. 다만 아쉬운 것은, 전부가 그렇다고는 할 수는 없지만, 오직 돈에 달려 있다고 생각하는 부류들이 너무 많아졌다는 데에 있다. 돈에는 명예가 반드시 따르기 때문에 명예는 이미 부수적인 것이라고 생각하는 가치관에 문제가 있다는 것이 오늘의 현실을 지켜보는 나의 진단이다.

그리고 정보의 양은 늘어만 가는 데에 비해 의식의 변화는 무궁무진하지만, 그러나 지혜의 폭이 넓어지지 않는다는 것에 이 시대의 문제가 있다고 나는 아울러 생각한다. 그것은 주어진 정보를 제대로 활용하지 못하고 남이 하는 대로, 혹은 미디어들이 주는 정보들을 제대로 걸러내지 못하고 무작정 따라 한다는 것이다. 조금의 고민도 하지 않고 남을 따라 하는 것에 부끄러움을 느끼지 못하는 안타까운 일이 비일비재하다는 것이다.

획일화의 단점은 창조적이지 못함은 물론 단순한 인간들을 확대재생산하는 비극의 연속이라는 것이다. 이래서는 미래가 없다. 소비가 미덕이라고는 하지만 창조적인 행태가 뒤따르지 않는다면 소비는 그냥 낭비인 것이다. 그런 무관심하고 생각이 없는 행동은 결국 자신을 기업이나 미디어의 노예로 예속화 시켜서 자신만의 삶을 결코 살 수가 없게 되는 것이다.

그냥 묻어가는 인생만 있을 뿐이다.

적절한 표현이 될 수 있을지는 모르지만 부처님께서 가르치신 네 사람의 비구의 이야기는 시대를 초월하여 너무나 일반적이고 현실적인 사람의 전형을 보여주고 있어 그 혜안에 늘 놀랄 따름이다.

부처님께서 수라바스티의 기원정사에 계실 때였다.

새로 비구가 된 네 사람이 벚나무 아래에 앉아 좌선을 하고 있을 때였다. 때마침 벚꽃이 한창이어서 빛깔도 곱고 향기도 그윽했다. 출가를 한 지 얼마 안 된 그들이 좌선을 하다말고 꽃그늘 아래서 잡담을 나누고 있었다.

한 사람이 말문을 열었다.

"이 세상 만물 가운데 우리가 아끼고 사랑할 만한 것으로 가장 즐겁고 좋은 일은 무엇일까?"

그러자 그 중의 한 사람이 말했다.

"한창 봄이 무르익어 초목의 빛이 눈부실 때 들판에 나가 봄놀이를 하는 것이 가장 즐거운 일이지."

다른 사람은 이렇게 말했다.

"잔치가 있어서 친구들이 한데 모여 술잔을 나누면서 음악에 맞추어 노래하는 것이 가장 즐거운 일일 걸."

옆에 있던 사람이 말을 받았다.

"많은 재물을 가득 쌓아 두고 하고 싶은 일을 마음껏 하는 것이지. 수레와 말과 옷이 찬란해 남들이 놀라고 부러워하는 걸 보고 있으면 그 사람의 마음이 가장 즐거울 거야."

그리고 마지막의 또 한 사람은 이렇게 말했다.

"아름다운 아내와 첩들이 고운 옷을 입고 향기로운 향기를 피울 때, 그들과 마음껏 어울리는 것이 가장 즐거운 일이 아닐까?"

이 말을 들은 부처님께서는 그들이 비록 출가는 했다고는 하지만 아직도 세속의 탐욕에 미련이 남아있음을 살피고는 그들을 부르셨다.

"너희들은 무슨 얘기를 그토록 재미있게 나누었는가?"

그들은 조금 전의 이야기를 그대로 부처님께 전해 드렸다. 그러자 부처님이 이르셨다.

"너희들이 즐거워하는 것들은 모두가 근심스럽고 두려운 일이며, 위태롭고 멸망에 이르는 길이다. 그것은 영원히 평안하고 안락한 길이 아니다.

보아라. 천지만물은 봄에는 무성했다가도 가을과 겨울이 되면 시들어 떨어지지 않더냐. 친구들끼리 어울리는 즐거움도 반드시 사라지는 것이며, 재물과 수레 따위는 언젠가는 모두 다섯 집의 몫이 되고 만다. 다섯 집이란 관청에서의 몰수, 도적들의 약탈, 수재, 화재, 방탕한 자식들의 낭비를 말한다. 그리고 아내와 첩들의 아름다움은 애증과 갈등의 뿌리인 것이다.

보통의 사람들이 세상에 살면서 원망과 재난을 불러일으켜 몸을 위태롭게 하고 집안을 망치는 일이 모두 그런 데서 생긴다.

그러므로 집을 나온 비구는 세속에 대한 미련을 버리고 도를 구하되, 그 뜻을 해탈에 두어 영화와 이익을 탐하지 말고 스스로 열반을 성취해야 한다. 이것이 가장 즐거운 일이다.

법구비유경 호희품에 나오는 이야기이다.

지금 이 시대의 평범하고 일반적인 사람들의 의식구조와 비교해 봐도 과연 무엇이 다르다고 할 수 있을까?

삶은 오직 눈앞의 그 무엇을 해결하는 것으로 그 목표를 삼을 수는 없다. 그러기엔 우리의 삶은 너무나 짧고, 그 짧음으로 인해 궁극적인 가치마저 훼손당할 수는 없다고 나는 생각한다.

나는 정당한 노동과 그 결과를 무엇보다 중요하다고 생각한다. 그러나 그것이 자신과 주위의 몇 사람만을 위한 노동이라면, 그리고 그 결과의 산물을 그렇게 단순하게 향유하여 버린다면 그것보다 자신의 가치를 하락시키는 바보 같은 삶은 없을 것이라고 단언하고 싶다.

무한의 가치를 지닌 인간의 능력을 물질에 단순하게 예속시켜 버리는 그런 어리석은 과오를 진정 저지르고 싶은가?

온고지신溫故知新을 이야기할 것도 없고 법고창신法故創新을 굳이 들먹일 필요도 없을 것이다. 성현들이 말하길 왜 옛 거울〔古鏡〕이라고 하셨는가?

그리고 왜 고전이며 다시 인문학인가?

나는 거창한 학문을 들먹일 만큼 많이 배우지도 못했고 인간의 가치를 드높이 휘날리게 해야 할 역사적인 사명을 떠맡지도 않았다. 다만 지금의 우리 세태에서 벌어지는 가공할만한 허영의 껍질을 벗기기 위해 몇몇 사례를 들어 이야기하고 싶은, 지극히 단순하고 담담한 마음, 지고지순으로 사람들을 위하고 싶은 마음이 간절하기 때문이다.

그것은 굳이 내가 힘주어 말하지 않아도 사람들이 이미 존경해마지 않는 많은 성공한 CEO들이 몸소 실천하고 있지 않은가! 유력한 정치인들이 누누이 강조하고 있지 않은가!

나는 그들의 성공의 여부와 관계없이 그들이 그런 행동을 스스로 찾아서 하는 이유는 지금의 성공 이후의 그 무엇을 보았기 때문이며 그 가치가 어떤 영향을 미치고 왜 필요한 지를 몸으로 느꼈기 때문이라고 생각한다.

그렇지 않으며 그런 어렵고 힘든 선택을 할 필요가 없다. 그것은 아울러 누가 시켜서 하는 것이 아님이 더욱 중요하다. 그들은 그 사회에서 기회를 발견하고 그 사회에서 부를 창출하고 명예를 얻었다. 그 다음은 그것을 환원시키는 것이 당연한 책무라고 생각했기 때문에 스스로의 행동으로 이어갈 수 있는 것이다.

그들은 순환을 이해한 사람들이다. 삶의 법칙을 이해한 사람들인 것이다. 그렇지 않으면 지금껏 쌓아올린 그들의 업적이 단순히 세속적인 욕망의 결과이자 단순한 능력의 우위비교에 지나지 않는 유치한 게임이라는 것을 체득했기 때문이다.

아울러 그 체득은 고민의 결과, 학문의 결과, 성찰의 결과이다.

그리고 자신의 행위가 미칠 아름다운 결과를 충분히 이해했기 때문에 스스로, 그리고 아무런 조건도 없이 던질 수가 있었기 때문이었다. 이때의 종교의 분별은 이미 무의미하다.

책을 읽고 고민하고 행할 수 있다는 것은 거룩하고 아름다운 용기이다.

무지는 두려움이지만 확신은 실천을 동반하는 용기를 발휘한다. 그 용기는 세상을 바꾼다. 청부淸富의 진정한 의미이기도 하다.

그런 가르침과 깨달음을 주는 부처님이 나는 그래서 존경스럽고, 그래서 따를 수밖에 없다.

아무리 멀어도 늘 새벽부터 길을 나서리라.

5월 어느 날의 단상

— 효와 근본, 시대를 초월하는 상징과
비유로서의 부처님 말씀

부처님의 말씀 혹은 불교의 위대함은 일관된 지혜가 시대를 초월하여 관통하고 있다는 사실에 있다.

누가 불교를 구닥다리의 종교라 함부로 치부하는가?

나는 편의상 불교를 종교라고 하고 부처님을 그 본질로 자리매김하는 세속적 정의에는 어느 정도 동의를 하는 사람이다. 그러나 불교 혹은 부처는 이미 그 이상의 경지에 있는 그 어떤 고매한 것이며, 진정한 인간의 가치가 지상에서 온전히 구현되기 위한 가능성의 밝은 학문〔哲學〕, 그 〈마음닦음〉의 고갱이이며 정수라고 말하고 싶다. 그러나 이런 말을 하는 순간, 그 본질에서 벗어났음을 아득하게 느낀다.

부처님의 상징과 비유는 무엇인가?

그것은 평범함 속에 숨겨진 진정한 평범함, 즉 절대적 진리에의 객관적 관찰을 의미한다고 나는 믿는다. 절대적 진리는 이미 세상에 가득 퍼져있는데도 불구하고 편협한 인간의 이기심으로 왜곡된 현상만을 편리한 대로 선택을 하고서 임의대로 현실에서 추구하기 때문에 자꾸 진실에서 멀어지고 있는 것은 아닐까 모르겠다.

부처님이 남기신 무수한 상징과 비유는 중생의 우매함에 시시때때로 경각을 고하며 때로는 간곡하게 설득하고 있다.

급변해가는 시대의 흐름에도 조금도 휩쓸리지 않고 진리의 명제에서 한 치도 어긋나지 않는 명징한 지혜의 소산이라고 나는 생각한다.

법랍法臘을 따질 것도 없지만 세속의 의미로도 순리에 따를 나이라고는 하지만 나의 본질을 떠올릴 때마다 부처님의 〈본생담〉의 한 이야기가 늘 가슴에 남는다. 그것은 부모에 관한 효도의 이야기이기도 하지만 넓게 보아서는 근본과 본질에 관한 이야기이기도 하다.

더 나아가서는 흔들리는 가치관에 대한 조용한 질책임과 동시에 지혜에 관한 끊임없는 갈증에 대한 우물물과 같은 선인의 지혜가 오늘의 우리가 있도록 한 근원이었음을 예시하는 말씀이기도 했다. 그런 부처님의 말씀은 부지기수이다. 가장 밝았을 때의 말씀, 언어의 경지로는 다 표현할 수 없는 것을 차마 언어로 표현한 경전도 있었다면 그 반대로 잠자리에서 들려주시던 어머님의 옛이야기처럼 쉽고 간결하고 재미있는 이야기도 너무 많은 걸 보면 부처님의 한량없는 아량이 시대를 초월하고도 남음이 있다는 나의 응석은 결코 틀린 말이 아닐 것이다.

어디 그 한 부분뿐이겠는가. 인생의 만사를 하나라도 놓친 부분이 결코 있었던가?

부처님께서 다음과 같이 이야기를 하셨다.

옛날에 기로국이라는 나라가 있었다. 그 나라에서는 집안에 노인이 있으면 멀리 갖다 버리는 법이 있었다. 어떤 대신이 아버지가 너무 늙어 나라가 정한 법대로 멀리 갖다 버리려고 하니 대신은 자식된 도리로 차마 그럴 수가 없었다. 그는 몇 날을 두고 곰곰이 생각하던 끝에 자신의 집에 땅을 깊이 파서 은밀한 방을 만들었다. 그리고는 아버지를 그 안에 모셔두고는 때를 맞추어가며 지극하게 섬겼다.

그때 궁중에서는 큰 소동이 벌어졌다. 한 천신이 뱀 두 마리를 가지고 와서 왕궁 뜰에 놓아두면서 왕에게 이렇게 말했다.

"만일 사흘안에 이들의 암수를 가릴 수 있으면 이 나라가 편하겠지만, 만약 그것을 가려내지 못한다면 네 몸과 이 나라는 모두 멸망하고 말 것이다."

왕은 이 말을 듣고 몹시 두려워하면서 여러 신하들을 불러 이 일을 논의했다. 그러나 모든 신하들이 그 뜻을 알 수 없다며 고개를 흔들었다. 왕은 나라 안에다 급히 명령을 내렸다.

"만일 누가 이 뱀의 암수를 가려낼 수 있다면 마땅히 그에게 후한 상을 내리겠노라."

대신은 집으로 돌아가 늙으신 아버지에게 왕의 명령을 물어보았더니 아버지의 대답은 이러했다.

"그것을 가려내기는 쉬운 일이다. 부드러운 물건 위에 뱀을 올려놓으면 거기에서 몸을 비비며 부스대는 놈은 수컷이고, 꼼짝도 하지 않는 놈은 암컷이다."

대신은 급히 왕에게 그 사실을 알렸다. 그 말대로 했더니 정말 뱀의 암수를 가려낼 수가 있었다. 왕은 정말로 기뻐했다. 그러나 천신은 또 다른 어려운 문제를 가지고 와서 다시 물었다.

"자는 이 중에 깬 이는 누구이고, 깬 이 중에서 자는 이는 누구인가?"

왕은 다시 신하들과 의논을 하였으나 결과는 마찬가지였다. 나라 안의 모든 사람에게도 물었으나 마찬가지였다. 대신은 다시 그의 아버지에게 물었다. 아버지는 어려운 문제가 아니라면 다음과 같이 대답했다.

"그것은 학문을 하는 사람, 즉 학인을 이르는 것이다. 학인은 보통 사람에 대해서는 깬 사람이고, 저 아라한에 대해서는 잠자는 사람인 것이다."

대신은 아버지가 일러준 대로 왕에게 아뢰었다. 이번에도 역시 왕은 매우 기뻐했다. 다시 천신이 왕에게 물었다.

"이 코끼리의 무게는 얼마나 되겠는가?"

왕은 역시 신하와 나라의 모든 사람에게 물었으나 명확하게 아는 사람이 아무도 없었다. 대신은 집으로 돌아와 아버지에게 물었다.

"코끼리를 배에 싣고 물 위에 띄워 배가 물에 잠기는 곳 쯤에서 표시를 하고는 코끼리를 배에서 내리도록 하라. 그리고 이번에는 그 배에 돌을 싣되 조금 전에 표시를 한 곳이 수면에 닿을 만큼 실으면 코끼리의 무게를 알 수 있을 것이다."

대신은 그대로 아버지의 말을 왕에게 알렸다. 그러자 천신이 다시 물었다.

"한 사발의 물이 바닷물보다 더 많은데, 누가 그것을 알 수 있겠는가?"

대신의 아버지는 이렇게 가르쳐 주었다.

"만일 어떤 사람이 한 사발의 물을 청정한 신심에서 성인이나 수행자나 부모나 앓는 병자에게 준다면, 그 공덕으로 말미암아 무량겁을 두고 끝없이 복을 받을 것이다. 바닷물은 아무리 많아도 한 겁을 지나가지 못한다. 이로 미루어보면 한 사발의 물이 큰 바닷물보다 훨씬 많지가 않겠는가!"

이 대답을 들은 천신은 갑자기 변신을 시도했다. 손과 발목에 쇠고랑을 차고 목에는 쇠사슬을 걸고 온몸이 불에 활활 타오르는 채 묻는 것이었다.

"세상에 나보다 더한 심한 고통을 받는 존재가 있겠느냐?"

왕과 신하들은 심한 두려움에 떨고만 있었다. 대신은 황급히 아버지에게로 달려가 물었다.

"어떤 사람들은 부모에게 효도하지 않고 사람을 함부로 해치며, 성인을 헐뜯다가 죽은 뒤 지옥에 떨어져 칼로 된 산, 불타는 수레, 칼이 꽂힌 길, 불타는 길로 끌려가면서 견디기 어려운 고통을 받는다. 이런 고통은 사람의 상상력으로는 도저히 헤아릴 수가 없다. 이런 고통은 지금 천신이 겪는 고통으로는 견줄 바도 없는 것이다."

천신은 이 대답을 듣고 나서는 이내 모양과 크기도 비슷한 두 필의 말을 왕에게 보여주며 말했다.

"어느 말이 어미요, 어느 말이 새끼인가?"

왕과 대신들은 여전히 대답을 하지 못했다. 대신의 아버지는 이렇게 말했다.

"풀을 주어 말들이 먹게 해보아라. 어미는 반드시 풀을 새끼에게 내어줄 것이다."

이와 같은 물음에 모두 대답을 하자 천신은 몹시도 기뻐하며 왕에게 온갖 진귀한 보물을 나누어주고서는 공중으로 사라지며 이렇게 말했다.

"나는 지혜로운 이가 있는 나라를 옹호하며 외적이 침입하지 못하게 보호하리라."

왕은 천신의 말을 듣고는 몹시도 기뻐하며 대신에게 물었다.

"이처럼 지혜로운 대답을 그대 자신이 이미 알고 있었는가, 아니면 누군가가 가르쳐 주었는가? 그대의 지혜에 힘입어 우리의 나라가 평안해지는 것은 물론 많은 보물까지 얻었다. 거기에다 천신의 보호로 나라가 오래도록 평안함을 얻었다. 이는 모두 그대의 공으로 인한 것이다."

대신이 대답했다.

"천신으로부터의 질문에 대한 대답은 실은 저의 대답이 아닙니다. 저의 집에는 늙으신 아버지가 계십니다. 나라의 법으로는 노인을 멀리 버리라고 했지만 자식된 도리로서 차마 그러할 수가 없어 법을 어겨가면서 숨겨서 모셔 왔습니다. 제가 대답한 것은 모두 저의 아버지의 지혜를 빌린 것입니다. 원하옵건대 저의 잘못을 나무라시고 아버지를 버리지 말게 하시옵소서. 진정으로 바라는 바는 나라의 법을 고쳐 노인을 버리게 하지 마옵소서."

왕은 대신의 말을 듣고는 크게 감복을 했다. 그리고 그 대신의 아버지를 나라의 스승으로 모시도록 했다. 아울러 온 나라에 명령을 내렸다.

"오늘부터 그 누구라도 노인을 버리는 것을 허락하지 않을 것이다. 부모나 스승을 공경하지 않으면 나라의 이름으로 무거운 벌을 내릴 것이다.

이와 비슷한 내용의 말씀을 부처님께서는 하셨다.

"만일 어떤 사람이 자기 집에 범천梵天을 모시고 싶거든 부모에게 효도하라. 범천이 곧 그 집에 머물 것이다. 제석천帝釋天을 자기 집에 모시고 싶거든 부모에게 효도하라. 제석천은 곧 그 집에 머물 것이다. 모든 천신(天神)을 자기 집에 모시고 싶거든 부모를 공경하라. 모든 천신은 그 집에 머물 것이다. 그리고 만일 성현과 여래에게 공양하고 싶거든 부모를 공양하라. 성현과 여래가 그 집에 머물 것이다.

덧붙여 부처님께서는 이렇게도 말씀하셨다.

"노인을 공경하면 큰 이익이 있다. 일찍이 듣지 못한 것을 알게 되고, 좋은 이름이 널리 퍼지며, 지혜로운 사람의 섬김을 받는다."

부처님의 지혜는 무수한 반복을 통해 사람들을 머리에 각인시킨다. 아울러 이것은 부처님의 수행이 수없이 많은 세월 동안 지속적으로 반복되었음을 암시하는 것이다. 부처는 단 한 생애에서 이루어지지 것이 아니라는 준엄한 지적이다.

위의 이야기에서 나는 부모에 관한 이야기로만 국한되지 않는 많은 상징과 비유를 행간에서 읽었다. 다만 결론을 도출하기 위한 어느 정도의 도식적인 모양새가 없지는 않지만 그 간곡한 표현에서 느껴지는 무지한 중생에 대한 끊임없는 계몽에는 한계가 없음이 분명해 진다.

그것은 또한 모든 사람들에게 생의 방법을 예시하는 친절한 안내이기도 하다. 나 또한 이러했으므로 너희 또한 애정을 가지고 주위를 둘러보고 한두 번의 모양새에 그치지 말고 성심을 다해 공부하고 격려하며 이 괴로운 바다를 즐겁게 헤쳐 나가라는 든든한 격려는 아닌가 미루어 짐작이 되는 것이다. 위의 한 말씀의 주어主語를 이렇게 바꾸어 보면 어떨까?

"사람을 공경하면 큰 이익이 있다. 일찍이 듣지 못한 것을 알게 되고, 좋은 이름이 널리 퍼지며, 지혜로운 사람의 섬김을 받는다."

일 년 사시사철 어느 하루도 소중하지 않은 날이 없지만 오월은 그 녹음의 푸르름만큼 사람에 대한, 주위에 대한 각별한 관심이 그립고 아쉽다고 일러주는 듯하다.

어려운 일은 절대 아닐 것이다. 단지 나의 주변의 조그마한 고민이라도 더불어 해결할 의지만이라도 있다면 그것은 작은 시작이기는 하나 거대한 발자국으로 남을 것이다. 어른이 부모 아닌 사람이 어디 있으며 또래가 형제 자매 아닌 사람이 어디 있으랴.

혼자 사는 사람이 바깥일에 너무 많은 관심을 표한 것 같아 다소 부끄럽지만, 오월의 푸른 산맥들은 더불어 살라고 넌지시 어깨를 두드리는 듯하다.

가지 않은 길, 혹은 공부하는 재미

신도들에게 나는 가끔 이런 글을 나누어주곤 한다.

그리고는 아무런 설명도 덧붙이지 않고 뒤도 돌아보지 않고 나가 버리곤 한다.

어안이 벙벙한 보살님들의 얼굴을 상상하면 즐겁기만 하다.

그런데 문제는 그 내용들이 내가 정작 고민해야 하고 걸어가야 할 길이라는 것이다.

나는 다만 나와 더불어 신도들의 공부하는 재미를 유발하고자 하고 나 역시 그와 더불어 정진과 더불어 의식의 계발을 위해 꾸준히 노력을 하자는 것이다.

그렇다고 경전의 의미를 희화하거나 말장난을 하자는 것은 절대 아니다.

그리고 나의 현학적 취미가 조금은 가미되어 있어서 어떤 면에서는 계면쩍기도 하지만 문자에 치중하지 않고 문자에서 떨어지기 위해서라도 그 말이 가지는 실체에 대한 정의를 알 필요가 있다고 나는 생각한다.

무작정 믿기만 하는 수동적인 불교는 이제는 지양이 되어야지 않나 싶기도 하다. 일반인들의 법담法談하는 재미, 공부하는 재미를 자극하여 보다 근본적인 질문에 다다르게도 하고 폭 넓은 사유의 시도가 되었으면 좋겠다는 생각 하나 뿐이다.

그리고 그것은 나에게 향하는 조용한 채찍이기도 하다.

아울러 일상의 생활에서 조금씩 짬을 내어 우리가 이미 가지 않았던 길을 더듬어 성찰하는 것도 의미가 있는 일이라고 판단했기 때문이다. 성심을 다해 독경을 하고 절을 하는 것도 중요하지만 지적 호기심의 자극을 통한 경전의 이해의 폭을 넓히고 정신적으로 성장하는, 생각하는 신도들의 역할이 갈수록 중요하다는 나름대로의 생각때문이었다.

예를 들면 다음과 같은 글들이다.

1.

경전에서 말하는 인연법의 설명은 어떠한가?

인연법은 이른바 '이것이 있기 때문에 저것이 있는 것'이다.

곧 무명無名을 인연하여 행行이 있고, 행을 인연하여 식識이 있으며, 식을 인연하여 명색名色이 있으며, 명색을 인연하여 육입六入이 있고, 육입을 인연하여 닿음〔촉(觸)〕이 있으며, 닿음이 인연하여 애착〔애(愛)〕이 있고, 애착에 인연하여 취함〔취(取)〕이 있으며, 취함에 인연하여 존재〔유(有)〕가 있고, 존재를 인연하여 태어남〔생(生)〕이 있으며, 태어남에 인연하여 늙음〔老〕과 죽음〔死〕, 그리고 순수한 큰 괴로움의 무더기가 모이는 것이다.

부처님께서는 연기緣起에 대해서 이렇게 말씀하였다.

“나는 과거에 아직 정각을 이루지 못했을 때를 기억하고 있다. 홀로 어느 고요한 곳에서 정밀하게 선정에 들어 사유하다가 이렇게 생각하였다.

‘이 세상은 고난 속에 빠져 있다. 말하자면 혹은 태어나고 혹은 늙으며, 혹은 병들거나 죽는다. 그런데도 모든 중생들은 그 원인을 사실 그대로 알지 못하고 있다.’

나는 다시 생각했다. ‘어떤 법이 있기에 태어남이 있으며, 어떤 법을 인연하기 때문에 태어남이 있는가?’ 곧 바르게 사유하여 ‘존재(有)가 있기 때문에 태어남이 있다.’고 지혜를 일으켰다. 그리고 다시 이렇게 생각했다. ‘어떤 법이 있기 때문에 존재가 있는가?’ 곧 바르게 사유하여 ‘취함(取)이 있기 때문에 존재가 있으며, 취함을 인연하기 때문에 존재가 있다.’고 지혜를 일으켰다.

그리고 다시 이렇게 생각했다. ‘취함에는 또 어떤 인연과 법이 있기 때문에 취함이 있는가?’ 곧 바르게 사색하여 ‘법을 취해 맛들여 집착하고, 돌아보고 기억하여 마음이 묶이면 애욕은 더하고 자라난다. 그 애욕이 있기 때문에 취함이 있고, 애욕을 인연하기 때문에 취함이 있다. 취함을 인연하여 존재가 있고, 존재를 인연하여 태어남이 있으며, 태어남을 인연하여 늙음, 병듦, 죽음과 근심, 슬픔, 번민, 괴로움이 있다. 이와 같이 하여 완전 괴로움뿐인 큰 무더기가 모인다.’고 사실 그대로 빈틈없고 한결같은 지혜를 일으켰다.”

〈잡아함경〉에 나오는 내용이다.

2.

열반경에서 부처님의 마지막 열반을 이렇게 기록하고 있다.

세존은 제1정려에 이른다. 제1정려에서 나와 제2정려에 이른다. 제2정려에서 나와 제3정려에 이른다. 제3정려에서 나와 제4정려에 이른다. 제4정려에 나와 이른다. 공무변처空無邊處에서 나와 식무변처識無邊處에 이른다. 식무변처에서 나와 무소유처無所有處에 이른다. 무소유처에서 나와 비상비비상처非想非非想處에 이른다. 비상비비상처에서 나와 상수멸想受滅에 이른다. 그리고 나서 세존은 상수멸에서 나와 비상비비상처에 이른다. 비상비비상처에서 나와 무소유처에 이른다. 무소유처에서 나와 식무변처에 이른다. 식무변처에서 나와 공무변처에 이른다. 공무변처에서 나와 제4정려에 이른다. 제4정려에서 나와 제3정려에 이른다. 제3정려에서 나와 제2정려에 이른다. 제2정려에서 나와 제1정려에 이른다. 제1정려에서 나와 제2정려에 이른다. 제2정려에서 나와 제3정려에 이른다. 제3정려에서 나와 제4정려에 이른다. 제4정려에서 나온 즉시 반열반하였다.

공무변처空無邊處는 사무색처의 하나로 허공虛空은 무한하다고 체득한 무색계 제1천의 경지를 말한다.

식무변처識無邊處 역시 사무색처의 하나로 마음의 작용은 무한하다고 체득한 무색계 제2천의 경지를 말한다.

무소유처無所有處는 존재하는 것은 없다고 체득한 무색계 제3천의 경지를, 상수멸想受滅은 생각과 감정이 모두 사라진 선정을 말하는 것으로 멸진정이라고도 하며 선정 중 최고의 위치를 차지하고 있다.

3.

팔정도八正道 : 중생의 고통의 원인인 탐貪·진嗔·치痴를 없애고 해탈하여 깨달음의 경지인 열반의 세계로 나아가기 위해 실천하고 수행해야 할 여덟 가지 길, 또는 방법.

올바로 보는 정견正見, 올바로 생각하는 정사正思, 올바로 말하는 정어正語, 올바로 행동하는 정업正業, 올바로 목숨을 유지하는 정명正命, 올바로 부지런히 노력하는 정근正勤, 올바로 기억하고 생각하는 정념正念, 올바로 마음을 안정시키는 정정正定입니다.

곧바로 외우십시오. 본인의 마음과 행동에도 좋고 남을 위한 마음 씀씀이에도 큰 도움이 됩니다. 이 말을 정확하게 외워 남에게 설명하면 같이 공부를 하는 도반으로 든든해 보여서 좋지 않을까요? 그러나 겸손하게 성심껏 일러 주세요!

4.

오늘의 포인트, 보살의 십력十力입니다!

첫째, 심심력深心力입니다. 깊이 불법을 믿어 더러움이 없는 마음입니다.

둘째, 증상심심력增上深心力입니다. 불법으로 거룩하고 굳센 심심을 일으키는 힘입니다.

셋째, 방편력方便力입니다. 방편으로 중생을 교화하는 힘입니다.

넷째, 지력智力입니다. 중생의 마음을 아는 힘입니다.

다섯째, 원력願力입니다. 중생이 원하는 것을 만족시켜 주는 힘입니다.

여섯째, 행력行力입니다. 수행을 끊지 않는 힘입니다.

일곱째, 승력乘力입니다. 대승을 버리지 않는 힘입니다.

여덟째, 신변력神變力입니다. 모든 세계가 부처가 나타는 것을 보여주는 힘입니다.

아홉째, 보리력菩提力입니다. 중새을 발심하게 하고 성불하게 하는 힘입니다.

열째, 전법륜력轉法輪力입니다. 한 구절의 법을 설하여 중생의 성품과 욕구에 맞게 하는 힘입니다.

보살의 마음으로 살아가야 할 이유가 여기에 있음을 알 수 있습니다.

정진을 빕니다.

5.

오늘의 포인트, 여래의 십력十力입니다.

보살의 십력에 이은 시리즈입니다.

여래에게는 열 가지 여래의 힘如來十力이 있다고 합니다. 그 힘을 구족하여 여래는 최상의 지위를 선언하고 회중에서 사자후를 토하고 범천의 바퀴를 굴립니다. 무엇이 열 가지일까요?

첫째, 여래는 가능한 것을 가능한 것으로 불가능한 것을 불가능한 것으로 있는 그대로 압니다.(處非處枝力)

둘째, 여래는 과거·현재·미래에 업의 과보가 어떤 원인으로 어떻게 작용하는지 있는 그대로 압니다.(業異熟智力)

셋째, 여래는 모든 길이 어디로 가는지 있는 그대로 압니다.(遍聚行智力)

넷째, 여래는 많은 다양한 요소들로 이루어진 세계들을 있는 그대로 압니다.(種種界智力)

다섯째, 여래는 중생들의 다양한 성향을 있는 그대로 압니다.(種種勝解智力)

여섯째, 중생들의 근기를 있는 그대로 압니다.(根上下智力)

일곱째, 선정, 해탈(八解脫), 삼매와 증득(九次第定)과 관련하여 오염과 청정과 나옴을 있는 그대로 압니다.(靜慮解脫等持至智力)

여덟째, 여래는 갖가지 삶들을 기억합니다. 한 생, 두 생은 물론 열 생, 이십 생, 백 생, 천 생, 십만 생, 세계가 수축하는 여러 겁, 세계가 팽창하는 여러 겁, 세계가 수축하고 팽창한 여러 겁을 기억합니다. '거기서 나는 이런 이름을 가졌고, 이런 종족이었으며, 이런 용모를 가졌고, 이런 음식을 먹었으며, 이런 행복과 고통을 경험했고, 이런 수명을 가졌으며, 거기서 죽어 다른 곳에 태어났다. 거기서는 이런 이름을 가졌고, 이런 종족이었으며, 이런 용모를 가졌고, 이런 음식을 먹었으며, 이런 행복과 고통을 경험했고, 이런 수명을 가졌으며, 거기서 죽어 여기에 태어났다.'라는 것을 말입니다. 이처럼 한량없는 전생의 갖가지 모습을 그 특색과 더불어 상세하게 기억합니다.(宿主隨念智力)

아홉째, 청정하고 인간을 넘어선 천안(天眼)으로 여래는 중생들이 죽고 태어나고, 저열하거나 뛰어나고, 잘 생기거나 못 생기고, 행복하거나 불행하거나 업에 따라 가는 것을 압니다. '이들은 몸과 입과 마음으로 악행을 저지르고, 성자들을 비방하고, 삿된 견해를 지니고, 삿된 견해에 따라 행동했다. 이들은 죽어서 몸이 무너진 다음에 비참한 곳, 나쁜 곳, 파멸처, 지옥에 태어났다. 이들은 몸과 입과 마음으로 선행을 하고, 성자들을 비방하지 않고, 바른 견해를 지니고, 바른 견해에 따라 행동했다. 이들은 죽어 몸이 무너진 다음에 좋은 곳, 천상에 태어났다.'

라는 것을 압니다.(死生智力)

열째, 여래는 지혜에 의해 스스로 깨달음으로써, 지금 여기에서 번뇌를 제거하여 번뇌 없는 마음의 해탈과 지혜의 해탈을 성취하여 머뭅니다.(漏盡智力)

가히 부처님의 광대무변한 능력을 알 수 있겠지요. 우리가 부처님을 사랑하고 따르려는 이유가 여기에 있습니다.

지금, 작은 것부터 시작하세요. 우리도 부처님이 될 수 있습니다. 정진, 또 정진!

이런 식의 전단지나 메모지를 만들어 놓으면 처음엔 의아해하던 사람들도 조금씩 관심을 가지면서 여러 가지를 물어오거나 자연스럽게 대화가 이어지면서 깊이 있는 불교공부가 시작되는 경험을 나는 여러 번 겪었다.

아울러 나부터 본격적으로 공부가 되는 것이 뜻 깊은 일이었다. 익히 알고 있었다고는 하지만 기억에 파묻혀 잠시 잃어버린 것들을 다시 검토하거나 재미있고 쉽게 설명을 하기 위해서는 체계적으로 정리를 하지 않으면 나부터 헛갈려 헤매기 일쑤인 것이 경전에 관한 지식이다. 그리고 학자들이나 전문가들이 다룰 법한 내용들을 슬쩍 올려놓으면 의외로 신도들이 깊은 관심을 가지는 것에 나는 놀라지 않을 수 없었다.

그럴수록 매사에 조금 더 관심을 갖고 집중적으로 공부하지가 않을 수가 없는 것이다. 오히려 그분들이 나의 공부를 재촉하는 것 같아 감사한 마음을 가질 수밖에 없는 것이 나의 형편이다. 고마운 인연은 이렇게 해서 또 한 가지가 이어지는 것이다. 이러니 만나는 모든 사람이 스승이고 도반이다.

가지 않았던 길을 더욱 만들어야겠다는 생각이 저절로 간절하다. 사람들이 가는 곳이 곧 길이 될 것이다. 그리고 그 길은 잘 만들어야 한다. 바른 길을 만들어놓지 않으면 다음에 오는 사람들이 큰 낭패를 볼 것이다. 시험을 하되 성심을 다하고, 같이 만들어 나가되 누가 되지 않고 부담이 되지 않아야 할 것이다.

그리고 사람들과 더불어 한 걸음 한 걸음 천천히 가는 것도 어떤 관점에서 보면 치열하게 가는 것이라고 나는 생각했다.

3부

아인슈타인이 나에게 가르쳐 준 것들

● 저자 註

잘 아는 교수님과 더불어 〈아인슈타인과 시인의 대화〉라는 책을 공동으로 번역하며 두 계절을 보냈다. 참으로 어려운 작업이었지만 참으로 혹독하게 즐거운 공부였고, 수행이었다. 고백하건데 번역을 하는 시간보다 구절을 붙잡고 씨름하는 눈물겨운 하소연의 시간이 더 많았다. 먼 산을 바라보며 생각에 잠기는 시간이 더 많았다.

잘 알다시피 아인슈타인은 설명이 필요가 없는 세계적인 과학자이다. 상대성이론 하나만으로도 그의 명성은 그대로 입증이 된다. 그러나 그가 과학자 이외에도 훌륭한 음악가요 미술애호가이며 한편으로는 평화주의자임은 잘 알려져 있지가 않다. 그가 유대인이라는 이유로 까닭없는 배척을 당하기도 했다. 그러나 그가 지향한 인류공동의 번영과 인간성에의 영원한 옹호, 과학이 지배하는 사회에서의 참다운 인간을 이야기하는 그의 사상과 이념적 지향은 세대를 뛰어넘어 모든 사람들의 귀감이 되었다.

그의 말의 행간을 따라가며 신과 과학, 인간의 내면에 자리 잡은 고귀한 품성, 역사와 사회에 대한 공동의 책임 등등을 총체적으로 생각할 수 있는 고귀한 시간의 경험을 누릴 수 있었다. 다만 나의 식견의 짧음과 수행의 부족함에 스스로 부끄러울 뿐이었다.

본문의 전문적인 내용과 과학의 전반적인 내용에 대해서는 필자도 아직 완전한 이해가 부족한 편이라 달리 상세한 설명을 드릴 수는 없다. 그러나 그가 추구하는 이념의 정수는 충분히 공감이 되고도 남아 그 부분을 많은 사람들과 나누고자 무리를 무릅쓰고 그에 관한 내 나름의 해석을 아포리즘의 형식으로 정리해 보았다.

더불어 고민하고 모색하는 기회가 되었으면 한다.

보라, 어린 아이만이 사색思索하는 자가 될 수 있다. 자라나서 어른이 되었다고 여기면 불가사의한 어린 아이의 지혜는 잃어버리는 것!

아인슈타인은 기존의 교육체계에 반기를 든 사람이었다. 그는 어릴 적부터 물리학이나 천문학에 관한 책을 즐겨 읽었다. 그는 책을 읽을 수록 우주의 질서와 인간정신의 무질서, 그리고 우주창조의 방법과 시기 및 이유에 대한 학자들의 다양한 해석에 놀라지 않을 수 없었다.

그는 임마뉴엘 칸트의 《순수이성비판》을 읽고나서는 학교에서 받은 기존의 모든 교육을 의심하기 시작했다. 그는 이전에 알고 있었던 성서의 신神을 믿을 수 없었고, 자연의 현상 가운데 나타나는 신을 믿게 되었다.

그의 나이 16살 무렵이었다.

나는 이렇게 생각했다.

기존의 체계, 앎에의 맹신, 습관으로부터의 탈피, 소음과 정보의 홍수 속에서 살아남으려면 자기 자신부터 믿지 말아야한다. 그것은 쉽다. 모든 것을 의심하라. 그리고 나서 시작하여야 한다! 자기 부정으로부터, 외부의 압력으로부터 자유로워야만 수행도 가능하다. 불심의 씨앗은 나이와는 상관이 없지만 스스로 그것을 발견하려는 의지가 가장 중요하고 아울러 빠를수록 좋지 아니한가! 삶은 만들어가는 것, 그래서 깨우침과 배움은 상대적으로 유한의 시간의 한계성을 뛰어넘는 것이 가장 바람직한 일이다.

줄탁동기啐啄同幾가 아닐까?

벽암록에 나오는 말이다.

인류는 자연을 경험적이고 비판적으로 받아들임으로서 진보해 왔다고 여기는 사람이 많다. 그러나 참다운 지식은 연역演繹에 의해서만 얻어진다고 나는 생각한다. 그 이유는 세상을 나아가게 하는 것은 사고思考가 아니고 직관直觀이기 때문이다.
직관에 의해서 우리들은 뿔뿔이 흩어진 사실에 눈을 돌려, 그것들 모두가 하나의 법칙에 의해서 바람직스럽게 정리될 때까지 사고를 한다. 직관은 새 지식을 낳는 어버이지만, 경험주의는 오래된 지식의 축적에 지나지 않는다. 지성知性이 아닌 직관이 자기 자신에 대한 깨달음에 이르는 길이다.

빛보다 빠른 것이 생각이다. 경험주의는 수평선이라면 직관은 지상에서 하늘로 뻗어나간 수직선이라고 말할 수 있다. 그래서 수행의 오랜 경험이 축적되면 빛나는 오도悟道의 순간이 언제든지 다가올 것이다. 그러므로 수행은 늘 진행 중이어야 한다. 도시에서든 시장에서든 화장실에서든!

나에게 있어 네덜란드의 유대계 철학자 스피노자는 우주적 인간의 이상상理想像이다. 그는 명예와 지위에는 눈도 돌리지 않고 렌즈를 갈고 닦은 무명의 직업인이었다. 그는 감정을 이해하는 일의 중요성을 강조하고, 감정의 원인에 대해서 자기의 생각을 나타냈다. 인간은 감정을 조절해서 명확한 것을 생각할 수 있게 될 때까지 결코 자유롭지 않다. 그렇게 되어서야 비로소 주위의 상황을 조절하여 창조적인 활동을 위해서 에너지를 간직할 수 있게 된다.
그리고 스피노자는 형이상학적인 공론을 배제하고, 기적을 자연현상이라고 설명하여 경건한 신앙을 가지는 한편 도그마와는 결별했다.

수행은 참으로 창조적이고 과학적이다. 다만 명확한 경로를 나타내지 못할 뿐이다. 렌즈를 갈고 닦은 스피노자에게서 고경古鏡의 공안公案이 떠오르는 것은 무슨 까닭인가?

자기 자신의 참 모습을 찾는 일이 얼마나 근본적인 탐구인지, 그것이 바로 가장 기초적인 삶의 자세가 아닐까 모르겠다. 자기 자신의 명확한 실체를 파악한 연후에야 비로소 세상과 접하는 문을 열고 들어가 깊은 호흡으로 동화하고 삶의 지평地平을 넓히는 일에 동참할 수 있을 것이다.

참선을 마치고 일어서면 문득 세상이 넓어지고 맑아짐을 느낀다. 그것이 자신의 독단과 업장을 얼마간 해소했다는 자기만족일지라도, 그것은 반드시 필요한 착각이라고 나는 강변하고 싶다.

자그마한 작업장에 들어가기 위해서 곰팡이 냄새가 코를 찌르는 돌계단을 매일 올라가는 것이 얼마나 즐거웠는지 몰라. 먼지투성이 파일이 높다랗게 쌓인 낡은 책상을 대하면서, '우주가 잉태하고 있는 하모니를 믿지 않으면 과학적인 사고는 불가능하다'라고 나는 결론을 지었어. 그리고 그 원리에서 상대성이론이 태어났지.

세상을 극단적으로 변화시킨 위대한 이론도 그러한 환경에서 탄생되었다는 점에서 나에게 시사하는 바가 너무나 크다. 인각사에서의 그 피폐한 환경과 조건에서도 나는 조그마한 희망을 키우며 수행의 방편으로 삼았다. 하물며 대학자의 작업환경이 그리 했는데도 위대한 연구 결과 나왔다.

환경의 중요성은 아무리 강조해도 지나치지 않지만 환경을 탓하고 변명거리로 삼는다면 그것보다 못난 경우도 없을 것이다. 송곳 꽂을 땅조차 없는 열악한 환경에서도 위대한 선사들은 큰 깨달음을 얻었다. 백척간두의 낭떠러지에서도 평상심을 유지하는 것이 수행의 마음이다.

아인슈타인이 살았던 시대는 전쟁의 시기이기도 했고 열악한 일상의 생활이기도 했다. 연구적인 환경도 실로 비참했다. 진흙 속에서 연꽃이 피어나는 비유는 이미 식상하다. 그것은 철판 위에서 물을 뿌려 씨앗을 틔우는 일이었다.

마음의 성실은 모든 난관을 극복하고 그 환경마저 즐기게 한다. 쉬운 수행이 어디 있으랴만 나는 조심스럽게 일체유심조一切有心造를 이야기한다.

그러나 조금은 부끄러운 것이 사실이다.

우주적인 인간이 다시 살아날 필요가 있다. 마치 전능함을 갖춘 상상想像 속의 완전한 인간을 말이다. 당신들이라면 그 존재를 신이라 부를지도 모를 것이다. 이 인간은 당파적 교조敎條들에는 얽매이지 않고 자기의 마음으로 생각한다. 언젠가 설명한 것처럼 이 세상에는 어떤 질서, 즉 '우주적 질서'라는 것이 있는데 인간은 그 법칙을 이해할 능력을 갖고 있다.

인간은 가능성의 대명사라고 나는 생각하며 그 당사자라고 믿고 있다. 인간의 내면에는 온갖 우주적인 질서가 고스란히 내재되어 있다고 생각한다. 그것을 발견하기만 하면 그만이다. 우리가 희망을 이야기할 때, 그 가능성의 무궁무진한 전개가 실제로 발생하기도 하고 실패를 거듭하기도 하지만 열린 마음과 기술적인 요소가 제대로 결합이 된다면 불가능한 일은 없다. 다만 시간을 다스리지 못하는 인간의 한계성에는 아쉬움이 너무나 많다. 그것을 극복하고 뛰어넘는 것이 수행의 목적이 아닐까?

물리적인 한계를 곧 인간의 한계로 규정하는 것은 정말 비인간적이다. 그것은 인간의 가치를 물리적으로만 해석하려는 염세주의적인 발상이자 패배주의적인 인간관이라고 나는 생각한다. 구체적으로 스스로를 제한하는 폐쇄적인 사고는 점점 스스로를 동물로 비하시킨다.

아침이슬 한 방울에도 무릇 우주의 신비가 도사리고 있는데 사람의 맑은 눈동자와 뜨겁게 뛰는 심장은 우주의 한 축이라고 해도 무방한 것은 인간은 그만한 능력과 가치를 지닌 우주의 중심이기 때문이다. 그것을 고양시키는 것이 수행이다.

진실과 실재의 차이를 아는 것은 중요하다. 전기電氣와 자기磁氣는 틀림없이 존재하고 있다. 실재는 이론에 의한 것이 아니고 경험하고 닿아 봄으로써 확인이 된다. 그렇다고 해서 중력의 법칙이 실재하는지 확인하기 위해서 엠파이어 스테이트 빌딩에서 뛰어내린다든지, 전기의 실재를 확인하기 위해서 벗겨진 전선을 건드려 보지 않으면 안 된다는 뜻은 아니다.
그렇다. 이성을 갖고 건전한 오감을 갖춘 사람들이라면 모두 같은 말을 할 것이다. 이와 마찬가지로, 장미는 붉고 향기로우며 벨벳과 같은 촉감을 가졌다고 누구든지 말한다.
바꾸어 말하면, 감각에 의해서 이해되는 객관적 실재라고 하는 것이 있다는 것이다. 그리고 그 배후에는 과학자가 발견의 영예를 얻게 되는 자연의 법칙이 있다. 자연은 변덕쟁이가 아니고, 수학적 법칙에 따라서 운행이 되고 있다.
신은 세계를 상대로 주사위 놀이 같은 장난은 하지 않는다.

한 스님이 위산 스님에게 물었다.
"무엇이 도입니까?"
"무심無心이 도이다."
"저는 모르겠습니다."
" 모르는 그 주인공을 알아야 하리라."
"무엇이 모르는 그 주인공입니까?"
"그저 그대일 뿐, 다름 사람이 아니다."
스님께서 다시 말씀하셨다.
"이제 모르는 그것이 바로 그대의 마음이며 그대의 부처임을 그대로 체득하기만 하면 된다. 만약 밖으로 향하여 하나하나 알음알이를 쌓아서 그것을 선도禪道라고 한다면 전혀 틀린 것이다. 그것은 똥을 퍼다 붓는 것이지 결코 똥을 퍼내는 것이 아니어서 그대의 마음밭만 오염시킬 뿐이다. 그러므로 도가 아니라고 말하는 것이다."

세계가 불가사의한 것을 인정하면 어떨까? 자연은 완전히 물질적이지도 완전히 정신적이지도 않다. 인간도 피와 살만의 존재가 아니다. 그렇지 않으면 종교들이 있을 수가 없지 않겠는가. 원인의 배후에는 또 다른 원인이 있다. 모든 원인의 시작도 끝도 아직 발견되지가 않았다. 그러나 이것만은 기억해 두지 않으면 안 된다. 그것이 바로 이것이다.
"원인이 없는 결과가 없고, 법칙이 없는 창조는 없다."

부처님께서 여러 비구들에게 이렇게 설법을 하셨다.

"사람은 지은 바 업業에 따라 그 과보를 받는다. 어떤 사람은 몸을 닦지 않고, 계율을 지키지 않으며, 마음을 닦지 않고, 지혜를 닦지 않아서 그 수명이 아주 짧아진다. 사람이 착하지 않은 업을 지으면 반드시 괴로움의 결과를 받되 지옥의 과보를 받는다고 하는 것이다. 비유하면 마치 어떤 사람이 소금 한 움큼을 작은 유리잔의 물에 집어넣어 그 물을 짜게 만들려고 하는 것과 같다.

또 어떤 사람이 선하지 않은 업을 지으면 반드시 괴로움의 결과를 받되 현재 세계에서 과보를 받는다. 어떤 사람이 착하지 않은 업을 지으면 반드시 괴로움의 결과를 받되, 현재 세계에서 과보를 받는다고 하는 것은 무엇인가?

어떤 사람은 몸을 닦고 계율을 지키며, 마음을 닦고 지혜를 닦아서 수명이 매우 길어지기도 하는데, 이것을 어떤 사람이 선하지 않은 업을 지으면 반드시 괴로움의 결과를 받되, 현재 세계에서 과보를 받는다고 하는 것이니라. 비유하면 마치 어떤 사람이 소금 한 움큼을 항하강에 던져 그 강물을 짜게 만들려고 하는 것과 같다."

소금의 많고 적음에 우리의 관심을 둘 것인가, 유리컵의 물이나 강물에 관심을 둘 것인가?

과연 그럴까?

배경에 관심을 둘 것이 아니라 본질에 몰두할 일일 것이다.

본질에의 몰입은 바닥까지 다가가는 것이다. 수행은 창조적이고 당연한 법칙인 까닭이다.

종교라는 말을 듣는 순간 몸이 떨린다. 그러나 교회는 언제나 권력자에게 스스로를 팔아넘겨서 의무와 면제의 대가로 어떤 결정에도 응해왔었다. 종교적 정신이 교회를 인도했으면 좋았을 것이다. 그러나 그 반대였다. 성직자들은 어느 세상에서도 자기들의 지위와 재산이 보호되기만 하면 정치와 제도의 부패에 대항하려는 일은 거의 하지 않았다. 세계가 찾고 있는 새로운 도덕과 윤리에 의한 자극은, 몇 세기에 걸쳐서 타협을 거듭해온 교회에서는 도저히 생겨나지 않는다. 갈릴레오와 케플러, 그리고 뉴턴에 이르는 과학자의 계보에서만 비로소 생겨날 수밖에 없었다. 그들은 실패와 박해에도 아랑곳 하지 않고 우주가 통일적 존재인 사실을 증명하기 위해서 생애를 바쳤다. 거기에는 의인화된 신은 존재할 여지가 없었다고 본다.
참다운 과학자는 칭찬이나 비방에 동요하지 않고, 다른 사람에게 설교하는 일도 하지 않는다. 그들은 우주의 신비한 장막을 걷어치움으로써 사람들을 스스로 그곳에 계시啓示, 즉 질서와 조화 그리고 창조의 장대함을 보려고 오게 되는 것이다. 그래서 우주를 완전한 조화調和로 유지하는 훌륭한 법칙을 알게 됨에 따라서 자기 자신이 얼마나 작은 존재인가를 깨닫기 시작한다. 인간의 야망과 음모 그리고 이기주의와 함께 그 존재의 작음을 알게 된다.
이것이 우주적 종교(Cosmic Religion)의 싹틈이다. 동포의식과 인류에 대한 봉사가 그 도덕규범이 되는데 만약 그러한 도덕적 기반이 없다고 한다며, 우리들은 바랄 것이 없을 정도의 비참한 운명이 되고 말 것이다.

권력은 교묘한 마약과도 같아서 그 중독성은 이루 말할 수가 없다. 권력은 자기 통제를 불가능하게 한다는 점에서 가장 치명적이다. 모든 행동이 합리화되고 변명이 상시적으로 통용이 된다. 비극이 비극을 낳는 악순환을 반복하는 것이 권력의 속성이자 한계이다.

나는 가장 큰 권력을 말하고 싶지는 않다. 나 스스로의 권력, 내 마음의 권력, 내 안의 독재가 가장 무서운 적이라고 나는 말하고 싶다. 그것은 브레이크가 없다. 마음의 권력이 관념적이기는 하지만 실제로 그것은 현실에 지대한 영향을 끼친다. 악의적인 가역반응으로 확대재생산 되는 자기분열의 기능까지 추가하게 되면 통제가 불가능해진다. 관념적이긴 하지만 가능성마저도 위험한 것이 바로 권력이다.

그러나 껍질은 깨어지기 마련이다. 미네르바의 부엉이가 황혼에 날아오르는 이유가 바로 그럴 것이다.

인간은 희망이고 희망은 인간의 나침반이다. 아울러 수행은 나침반의 방향을 순수하게 견지하여 준다. 결국 인간만이 해답이다. 그래서 수행은 반복되고 진화한다.

모든 종교에 있어서 갖추어져 있는 도덕규범은 어떤 것일까? 그렇다고 할 수 있다. 그러나 그것이 어느 쪽인가 하면 공포에 근거한 부분이 있다는 것이다. 신이 인간의 모습을 하고 있기 때문이다.
종교의 발전에는 3단계의 과정이 있다고 나는 생각한다. 첫째, 별이라든지 불, 지진, 질병 등의 자연현상의 위협을 보고 있던 원시인 단계에서는 이러한 해결할 수 없는 힘을 잠재울 능력을 가진 신과의 중개자가 필요했다. 그런 결과로 몇 세대에 걸쳐 성직자 계급이 통치자나 치료자, 혹은 정치가로 발전해 왔다.
그러나 이러한 원시적 부족사회에서까지도 자연의 인과율因果律을 설명하고자 하는 과학적 정신이 때때로 나타났다. 이렇게 해서 걸핏하면 화를 내는 변덕스러운 신의 개념은 서서히 무너져갔다.
다시 말하면, 창조에 있어서의 인과관계因果關係를 이해하기 위해서 심판하는 신이란 개념이 발달하게 되었다. 신은 의인화擬人化 되어 알기 쉬운 대상으로 변했다. 권면과 위로를 기대할 수 있게 된 것이다. 그러나 사람들은 또, 종교상의 중개자를 반드시 필요로 했다. 바로 성직자였다. 그리고 오늘날과 같은 고도의 윤리와 문명을 가진 단계에 이르러서도 원시종교의 흔적들은 없어지지 않았다.
종교 지도자들은 신앙과 정치를 혼동하여 다른 종교와 다른 민족의 말살을 요구하고 있다. 그러한 신념 때문에 박해를 받은 것이다. 엄청나게 많은 수의 과학자와 철학자들의 역사를 보라.
만약 내가 수 세기 전에 이런 발언을 했다면 반드시 화형火刑에 처해졌을 것이다. 그러나 나는 마녀魔女나 이단자異端者와 한통속이 되는 것을 영광으로 여길 것이다.
지금이야말로 인류의 종교는 세 번째의 단계로 접어들고 있다. 그것은 우주적 종교이다. 우주와 지구보다도 훨씬 더 커서 빛이 도달하기까지 몇 백 년이나 걸리는 무수한 별들의 광대무변함에 대한 이해가 깊어지면, 사람들은 자신의 행위가 상을 받고 벌을 받는데 얽매여 있다는 것을 모욕으로 여기게 될 것임에 틀림이 없을 것이다. 그것은 또 모든 경이驚異를 창조한 신을 인간 수준으로 끌어내리는 모욕이 되기도 할 것이다.

참으로 종교적인 천재는 항상 이러한 우주적 종교 감각을 갖고, 교의敎義도 성직자도 인격화된 신도 필요하지 않았기 때문에 이단자로 낙인 찍혀 왔다. 성시聖詩와 불교의 문헌 가운데는 이 우주적 종교를 암시하고 있는 것이 있다.

이교도였던 **데모크리토스***와 가톨릭의 **아시시****, 유대인이었던 **스피노자***** 등도 그러했다. 민족과 종교의 울타리를 벗겨버리게 하는 일은, 잘못 일을 진행하여 실패를 거듭해온 종교지도자들이 아니다. 아마도 현대의 과학자들이라면 할 수 있을지도 모르는 일이다.

깨달음의 과정에는 아무런 제약이 없다. 있을 수도 없다. 다만 그 마음 하나가 중요하다. 사회적 동물로서의 인간의 한계를 제약하려는 것은 정치 혹은 학자, 기존의 체계에 본능적으로 순응한, 교활한 사람들이다. 교육이라는 것이 앎에의 욕구이지 생존의 본능과 처세술을 가르치는 것이 아니다.

순수에서 순응을 가르치는 것이 아니라 변화와 지속적인 가능성에의 도전을 가르치는 것이다. 1%의 가능성을 두고도 고민하는 것이 가장 인간적인 것이다. 수행은 그 밑받침이 되어야 한다. 나의 수행의 더딤을 반성한다.

* **데모크리토스**(Democritus): 기원전 460~370년 경의 그리스의 철학자. 만물의 기본은 영구적이고 지극히 작고 신축성도 없는 충실한 원자로 이루어졌다고 한 원자론을 제창. 소크라테스와 동시대의 인물.

** **아시시**(Francesco, d' Assisi): 1182~1226, 기독교의 성인. 이태리의 아시시에 프란체스코 수도회를 창립한 수도승. 청빈한 생활을 해서 유명하다. '꽃과 작은 새의 성자'로 불리었다.

*** **케플러**(Johannes Kepler): 독일의 천문학자. '케플러의 법칙'을 발견해 지동설을 증명. 만유인력 발견의 실마리를 마련하였다.

내게는 신은 벌써 아버지의 모습을 하고 있지 않다. 신이 어떤 모습을 하고 있든지 나는 관심이 없지만, 신이 창조한 세계가 어떤 것인가에는 흥미가 있다. 신의 의지는 자연에서 읽어 낼 수 있다. 다만 관심이 있는 것은 창조의 법칙이네. 신이 길고 흰 수염을 기르고 있는지 없는지는 나의 관심의 대상이 아니다.
나는 무한無限의 일부이네.

나도 무한의 일부이다. 그것이 자랑스럽다. 그러므로 무엇을 해야 할 것인가? 오직 수행, 또 수행!

편견의 울타리를 걷어치울 새로운 전도사는, 이제는 십자가를 걸치지는 않을 것이다. 그들은 우주와 같은 것을 대상으로 한 심원深遠한 생각을 지닌 현대의 학생들이고, 미래의 과학자들이다. 그들은 창조에 대해서 기록된 것을 이젠 아이들에게나 들려줄 옛날의 이야기로 읽을 일도 없을 것이고, 창조 그 자체에 의해서 기록된 제대로 된 책을 읽게 될 것이다. 그들은 수학적 계산에 의해서 우주를 지배하고 있는 법칙을 발견하게 될 것이다.

종교가 형식적으로 이어온 그 미신적인 전통과 시대에 영합하는 반지성적인 도그마에서 벗어나 과학과 부합됨을 보이겠다는 열린 마음을 보여준다면 융합과 정화의 거대한 힘으로 이 세상으로 분출되어 지대한 영향을 미칠 것이다. 그 근본적인 힘으로 불화와 투쟁, 갈등과 분쟁을 말소시킬 수 있을 것이다.

그러나 다분히 정치적인 이 수사를 제외하더라도 종교는 순수해야만 한다. 무無의 상태에서 무한無限의 경지를 향해 나아가야 할 것이다. 그 무는 없음이 아니라 본질에서의 출발을 의미한다. 무명을 밝히는 헌신을 뜻하기도 한다.

종교가 없는 과학은 절름발이요, 과학이 없는 종교는 맹신이라는 말은 일견 타당한 말이다. 그러나 종교는 그 너머의 무엇을 지향한다. 그래서 우리는 종교를 뛰어넘어 인간의 수행의 길을 택한다. 하나의 믿음이 모이면 세상은 변화의 철 발걸음을 스스로 시도한다.

순수하게 사고思考하기만 해도 실재實在의 의미를 알 수 있다.

내 마음을 똑 바로 바라보면 내가 보인다. 그러나 우리는 그것을 애써 외면한다. 실체를 바라보는 것은 고통스런 일이다. 그러나 어떤 이유에서든 그것을 부인할 수는 없다. 방법적인, 그리고 시간적이고 공간적인 문제를 떠나서 말이다.

남에 의해 진실이 밝혀지기보다는 스스로의 고백이 중요하다. 수행 이전에 살아가는 방법을 고민하는 것이 가장 중요하고, 그것을 근본으로 혹독한 자기성찰이 필요한 것은, 우리가 부족하기만한 인간이기 때문이다. 그 허술함으로 인해 인간이 아름답고 그 가능성으로 인해 더 아름다운 것이다. 깨달음을 얻는다면 그보다 더 귀한 인연이 어디 있을 것인가!

나는 이렇게 말하고 싶다. 에너지 보존의 법칙이라는 것이, 물질이 정신으로 분해된다고는 말하지 않았다고 말이다. 가령 질량이 원자나 전자나 혹은 운동으로 전화轉化 하더라도 그것은 의연依然한 실재로서 영원한 에너지, 즉 불멸하는 에너지의 한 모습에 불과하다는 것이다. 그리고 이 '창조의 통일성'이야 말로 내가 말하는 신神이라는 것이다.

우주의 중심이 인간이라는 것에 대해 나는 절대적인 믿음을 갖고 있다. 그러나 내가 없더라고 우주와 세계의 질서는 변동하지 않는다. 인간과 우주는 내재적인 질서를 가지고 있다. 다만 유한과 무한의 차이일 뿐이다. 그것을 알기 위한 행위가 곧 수행이다. 단순할 수도 있고 복잡할 수도 있다. 방법의 차이이지만 그것이 좋고 나쁨뿐만 아니라 높고 낮음의 문제도 아니다.

수행은 어떤 경우에도 정당하다. 다만 그릇된 것을 경계하는 자신만의 잣대를 갖는 것이 중요한데, 그것이 정말 쉽지가 않다. 그래서 수행이다.

법칙은 그것이 수학적인 것이거나 논리적인 것인가를 불문하고, 인간의 지성의 자의적恣意的인 발명품인 사실을 잊지 않도록 해야 한다. 따라서 그들이 어떠한 가치를 갖고 있다고 하면, 어디에선가 우리들의 경험과 관계가 지워지기 마련이다. 세계는 오감으로 지각하고 있는 물리적 실재이고, 이 물리적 실재에 대한 고정관념만큼 과학의 입장에서 파괴적인 것은 없다.
천국이나 지옥, 신神과 악마가 있는 것인지 없는 것인지 나는 모르지만, 그러한 실제의 형이상학적 상징에는 흥미가 없다. 나로서는 이 세상의 인류에 충분히 봉사할 수 있다면 여기가 바로 천국이다.

보살이 중생을 불도佛道에 들게 하는 네 가지 방법, 즉 사섭四攝이 있다. 그것은 곧 부처님의 가르침이나 재물을 남에게 베푸는 보시布施, 부드럽고 온화한 말을 하는 애어愛語, 착한 일을 하여 중생에게 이익이 되게 하는 이행利行, 그리고 중생과 가까이 하여 고락을 함께 하는 동사同事가 있다.

이것만 알고 실천이 된다면 천국은 바로 여기다. 불국토의 현현은 어려운 일도 아니다.

마음을 들여다보고 닦으며 수행에 채찍질을 가한다. 말은 지극히 쉬우나 실천은 그리도 어렵기 때문이다.

상대성 이론의 개념을 간단히 설명하기 위해서나는 항상 이러한 예를 든다. 당신이 사랑하는 여성과 함께 공원의 의자에 앉아 있고, 게다가 하늘에는 달이 빛나고 있다고 하자. 당신으로서는 1시간이 마치 1분으로 느껴질 것이다. 그러나 반대로 그 앉은 자리가 뜨거운 난로라고 한다면 1분이 마치 1시간으로도 느껴질 것이다.

어떤 스님이 조주 스님에게 물었다.
"마침 열엿새일 때는 어떻습니까?"
"동쪽은 동쪽, 서쪽은 서쪽이지."
"무엇이 '동쪽은 동쪽, 서쪽은 서쪽'입니까?"
"찾으려고 해도 찾을 수가 없다."
"제가 전혀 알지 못할 때는 어찌해야 합니까?"
"나는 더욱 모른다."
"스님께서는 도리가 있는 줄을 아십니까?"
"나는 나무토막이 아닌데, 어찌 모르겠느냐?"
"알지 못한다 하시니 정말 좋습니다."
스님께서는 손뼉을 치며 웃었다.

조주록趙州錄에 나오는 이야기다.
동쪽과 서쪽이 우리에게 중요한 것은 아니다. 오직 나아가기만 하면 그만이다. 모든 것이 상대적이라고는 하지만 매 순간이 또한 절대적이다.

우주적 종교란 인간은 신의 모습에 닮게 만들어졌다는 것에서 출발한다. 인간에게는 무한한 차원이 있어서, 그 양심 속에서 신을 찾는다. 이러한 종교에서는 세계가 합리적이고 사람은 세계를 생각하고, 그 법칙을 사용해서 함께 창조하는 것이 궁극의 신의 뜻이라고 하는 가르침 이외의 교의教義는 없다. 단 거기에는 두 개의 조건이 있을 뿐이다.

그 하나는 불가해不可解로 보이는 것이 일상의 일들과 같을 정도로 중요하다는 사실. 둘째는 우리들의 능력은 둔감鈍感하여 표면적인 지식과 단순한 아름다움만을 이해할 수 있을 뿐이라는 것이다. 그러나 직관을 통함으로써 사람의 마음은 우리들 자신과 세계에 대해서 보다 큰 이해를 갖게 해 준다.

나의 종교는 모세가 기본이다. 그것은 신을 사랑하고 마치 자기 몸처럼 이웃을 사랑하라고 하는 것과 같은 뜻이다. 그리고 내게 신은 '타他의 모든 원인의 근저根底에 있는 제1 원인(First Cause)'이라고 말할 수 있다. 다윗과 예언자들은 정의가 없는 사랑, 또는 사랑이 없는 정의는 있을 수 없다는 것을 잘 알고 있었다. 그 이외의 종교적인 장식들은 필요하지 않다.

무엇이든지 알 수 있는 능력은 있지만, 지금은 아무 것도 알고 있지 않다는 것을 깨달았을 때, 자신이 그렇게 중요하지 않다고 겸손해졌을 때, 자기가 무한의 지혜의 해변에 있는 한 알의 모래에 지나지 않는다고 여겼을 때, 그것이 종교인이 되었을 때의 마음가짐이다. 그런 의미에서 나는 열심히 수도하는 한 사람이라고 말할 수 있다.

이 위대한 학자마저도 열심히 수도하는 한 사람이라도 말한다. 독각에의 경지일 것이다.

그는 중생의 근기에 따라 적절하게 오묘한 수단과 방법을 사용하여 교화시키는 선교방편행善巧方便行의 귀재일지도 모른다. 그 전에 그는 겸손의 의미를 이미 체득하여 세계의 일체화에 동참하라고 간절한 눈빛으로 채근하고 있는 듯하다.

그는 눈 푸른 선지식이다. 학문의 경지를 넘어 인간의 얼굴과 목소리로 다가오고 있다. 전쟁의 참화를 이미 경험하여 그 부당성과 무용성에 대해 설파했고, 자신의 학문적 성과가 다르게 응용되었음에 평생을 후회하기도 했다.

그는 이미 세계를 체득했고, 상상했고, 기획했고, 근본적인 변화를 이룩하고자 노력했다. 보살이자 깨달은 이다. 겸손만이 그것을 가능하게 함을 보여주었다. 이것은 인류의 성과이지 인간의 승리이다. 그는 자기 분야를 뛰어넘는 세계인의 가능성을 보여주었다.

그는 이미 화엄의 세계를 체험한 사람이었으리라.

교회의 권위에 근거한 신의 개념은 어떠한 것도 받아들일 수 없다. 내가 기억하고 있는 한, 나는 대중교화에 분노를 느껴왔다. 맹목적인 신앙에 있어서의 삶과 죽음에 대한 공포는 절대 믿지 않는다. 인간적인 신은 존재하지 않는다고 증명할 수는 없지만 그러나 그 신에 대해 말한다면 나는 거짓말쟁이가 되어버리고 말 것이다.
아울러 권선징악勸善懲惡의 신 또한 믿지 않는다. 나의 신은 자기가 만든 법칙에 그 모든 것을 맡기고 있다. 그의 우주를 지배하는 것은 인간의 달콤한 원망願望들이 아니고 변치 않는 법칙이다.

너와 나
여기까지 오는데
참을 수 없는
지옥地獄
극락極樂
육도윤회六度輪廻

그러나
지옥地獄도
극락極樂도
산다는 삶을 찾아서
비켜갈 수 없는 과정이었기에
나
지금
이 자리에 있게 되었지.

나의 졸시拙詩 〈윤회輪廻〉를 부끄러움을 무릅쓰고 옮긴다.

수행은 오직 혼자의 힘으로 이루어진다. 누군가의 도움도 필요하기도 하지만 궁극적으로는 홀로 이끌어나가는 것이다. 그러므로 〈지금 이 자리에 있게 되었〉다.

또한 영원히 그 자리여야 하리라.

부끄럽지 않도록 최선을 다하여야 하리라.

어차피 〈비켜갈 수 없는 과정〉이 아닌가! 그리고 그것은 법칙이자 존재이기도 한 것이다.

산사山寺의 밤이 깊을수록 수행자의 새벽은 푸를 것이다.

양심에 근거한 인간의 최고의 품성을 발휘하는 사회를 만들어 나가야 한다. '지성知性을 신神으로 삼지 말라'고 사람들에게 경고하지 않으면 안 된다. 지성은 방법을 알고 있지만 감각이 인식하는 가치에 대해서는 거의 알지 못한다. 사람이 창조적인 전체의 일부로서 구실을 다하지 못하면 인간으로서의 가치는 없는 법이다. 참 목적에 등을 돌리고 있기 때문이다.

위앙록潙仰錄에 이런 이야기가 나온다.

남전 스님이 황벽 스님에게 물었다.

"정定과 혜慧를 균등하게 배워 불성을 분명히 본다고 한 이 이치는 무엇인가?"

"하루 종일 어디에도 의지하지 않습니다."

"그대가 그런 경계를 보았는가?"

"감히 그렇겠습니까?"

"그렇다면 물값은 우선 그만두고서라도 짚신값은 누구에게 받지?"

누구에게도 의지하지 않고 자신을 제대로 볼 수 있으면 그 사람은 부처님이다. 전체를 위한 한 인간이 되기 위해서는 한시도 게을러서는 안 된다. 길을 묻지 않고 목적지를 찾아가는 것은 외롭지만 즐거운 일이다. 앞으로 곧장 나아가야만 한다.

사물을 볼 때 진실이라는 관점에서 생각해서는 안 된다. 왜냐하면 진실은 생각하는 마음에만 존재하는 개념일 뿐이며, 개념을 다루는 명제의 모양으로만 표현되기 때문이다. 우선 실재로 접촉하는 것부터 시작하지 않으면 안 되다.

그 다음에 그것을 둘러싼 이론을 구축함으로써 실재實在의 지적知的 이미지를 형성하는 것이다. 처음 관측하고 그 다음 수학적 수법을 구사해서 관측한 것을 구체화하는 것이다. 실재하는 것은 이렇게 해서 진실이 되는 것이다.

누군가에게 가장 소중한 사람이 다른 사람에게는 증오의 대상이 되는 경우를 비일비재하게 볼 수 있다. 진실은 극단적인 경우를 제외하고는 동전의 양면과 같다. 그래서 실체에 대한 접근이 필요하다. 그러나 실체는 물리적이지 않다. 마음이 우선적으로 작용하는 것이 그것이고 배경이 함부로 차용되어 본질을 호도하기도 하고 훼손시키기도 한다.

본질은 이미 본질인데 의미의 덧칠로 인해 변질되기고, 왜곡되기도 한다.'개념을 다루는 명제의 모양'에 현혹되어서는 안 될 것이다. 그래서 마음에 비추어 그 실체에 차근차근 접근해 가야만 하리라. 그것이 마음 닦는 일의 요체가 아닐까 싶다.

진실이란 사막에 세워진 아름다운 조각상彫刻像과 같은 것이다, 바람이 그것을 묻어버리려 하기 때문에 사람들은 항상 모래를 쓸어내지 않으면 안 된다'는 말이 있다. 과연 그러하다. 그렇게 하는 것이 우리들 한 사람 한 사람의 의무이다.
경험과 무연無緣한 지식을 얻기 위해서도 반드시 그러하다. 만약 순수사고純粹思考로 생각한다면 실재實在를 완전히 이해할 수도 있다. 경험은 유용하게 쓰일지 모르지만, 경험이 없어도 물리적 실재의 범위를 확대할 충분한 이유가 있다. 이 눈에 보이는 태양계의 그늘에는 많은 보이지 않는 태양계가 있는데, 그것을 확인하기 위해서 현장에 가야만 할 필요는 없다.
진보는 직관에 의해서만 달성되는 것으로서, 지식의 축적에서가 아니라고 언젠가 말을 한 적이 있다. 그것은 그렇게 단순하지는 않지만 지식도 역시 필요하지. 직관적인 어린아이라도 다소의 지식이 없으면 아무 것도 못하지 않는가.
그러나 어떤 사람이라도 정확한 지식 없이 직관만이 달성할 수 있는 부분이 있기 마련이다. 어찌해서 그렇게 되는 것인지를 몰라도 직관은 사실로서 받아들여지지 않으면 안 된다.

인다라 그물因陀羅網은 제석천에 있는 보배 그물을 말한다. 그물코마다 보주寶珠가 달려 있다고 한다. 그 보주마다에는 각각 다른 보주의 영상이 나타나고, 모든 보주의 영상마다 또 다른 보주의 영상이 나타나 끝이 없이 되어 있다고 한다.

하늘의 그물은 엉성해 보일망정 하나라도 걸리는 법이 없다고 한다.

의심하는 것이 어째서 좋지 않은가? 나는 남이 말하는 모든 것을 의심했다. 스스로 해답을 찾으려고 했다.
빛의 입자적이면서 파동적인 양면성 문제에 흥미가 없는가? 그리고 어째서 '나는 왜 물리학을 전공하지'라는 의문을 갖지 않는가? 한평생 골치 아프게 할 정도의 문제가 아니지 않는가? 자기의 직관을 믿어야 한다.
물론 여러 가지 다양한 생각이 떠오르겠지만 그 하나하나를 주의 깊게 음미해 가야만 한다. 당신들에게는 선택할 자유가 있지만 소설가 흉내는 내지 말도록 해야만 한다. 허구에 기대지 말고 글자 맞추기 놀이를 풀어가는 것처럼 해보라. 그렇게 하면 단 하나, 딱 들어맞는 한 조각이 나오게 된다. 예를 들면 기하학의 방정식에는 여러 가지가 있지만 자신의 감각에 딱 들어맞는 방정식은 하나밖에 없는 것처럼.
왜 의문스럽게 여기는지를 생각하지 말아야 한다. 그저 의문이 나아가는 데로 하면 된다. 해답이 나오지 않는다고 걱정할 필요도 없다. 모르는 일에 설명을 붙이지 말아야 한다. 호기심에는 그 나름대로의 이유가 있다. 영원한 비밀, 생명의 신비, 그리고 실재의 배후에 있는 놀라지 않을 수 없는 체계의 신비를 생각할 때, 두려움을 느끼지 않는가?
그래서 보기도 하고 느끼기도 하고 만져보기도 하는 것을 설명하는 도구로 삼아서 그러한 체계와 개념과 공식을 사용하는 것이 사람의 마음의 불가사의한 것이다. 매일 조금씩 이해하도록 노력해야 한다. 성스러운 호기심을 가져야 된다.

나는 나를 의심한다. 비겁하게가 아니라 용감하고 의연하게 의심을 한다. 야반삼경에 문고리를 잡는 마음으로 의심을 한다. 그것이 성스럽기까지는 얼마나 많은 시간이 소요될 지는 나 자신도 모를 일이다.

이 뭣고?

옛 스님들의 의심에는 후학들을 위한 원대한 배려가 숨어있었음을 지금에야 어렴풋이 느낀다. 나의 아둔함은 타인의 경계가 되어도 좋을 것이다.

이 세계는 인간이 이해 가능한 하나의 통일체로서 창조되었다고 믿지 않으면 안 된다. 물론 이 통일된 창조를 탐구하려면 거의 무한한 오랜 시간이 걸린다. 그러나 물리학의 통일이 나의 최고의 성스러운 직무라고 나는 생각한다. 단순성이 이 우주의 기준(criterion)이다. 우리들의 목적은 이렇다. 자연현상을 설명하기 위해서 필요한 최소한의 개념을 개발해서, 그들을 이어주는 이론관계를 찾아내는데 있다. 그리스의 철학자 탈레스(Thales)는 물이 기본물질이라고 했다. 마침내 분자집단이 고체, 액체, 기체로 환원還元되었다. 지금의 과학은 1차계와 2차계에 대한 감각적 인상을 통일하려고 해서 3차계를 다루고 있다.

나는 아직 수학을 철저하고 완벽하게 다루지 못했다. 다만 정점을 목표로 삼아 그저 올라가기만 하고 있다. 모든 자연현상을 하나의 공식으로 간추리려고 벌써 20회 이상 시도해 보았다. 모든 수학체계를 사용했지만 아무래도 잘 되지 않는다.

임제 선사는 이렇게 말했다.

"도 닦는 이들이여! 선종의 견해로는 죽고 사는 것이 돌고 도는 것이니, 배우는 사람은 매우 자세하여야 한다. 예를 들면 주인과 손님이 만나면 곧 서로 말을 주고받기 시작하는데, 어떤 경우에는 사물에 응하여 모습을 드러내기도 하고, 어떤 경우에는 오로지 작용만을 하며, 어떤 경우에는 기틀과 방편을 잡고서 기뻐하거나 성내기도 하며, 어떤 경우에는 몸을 반쯤 드러내기도 하며, 어떤 경우에는 사자를 타기도 하고, 어떤 경우에는 코끼리 왕을 타기도 한다."

수행은 전쟁이다. 그러나 고요한 전쟁이다.

수행은 피가 흐르는 상처다. 그러나 하연 피가 흐른다.

최고의 전쟁은 자기 자신과의 전쟁, 그리고 거기에서의 승리는 최고의 깨달음이다.

그보다 귀한 훈장이 어디 있으랴!

진실에는 흔들리지 않는 태도로 임하고, 지성을 양심에 봉사하는 것으로 우리는 행동하지 않을 것인가? 정의를 빠트리고 사랑을 말하는 종교가 너무 많다. 모든 사람들에게 바람직한 상황이 존재하지 않는 한, 또 종교가 어떠한 교의教義를 갖는가에 관계없이 전 세계의 인류로서 바람직한 상황을 만드는 일을 최대의 의무로 생각하지 않고서는 사랑과 정의는 타락해버리고 만다.

맹목적인 사랑의 폐해는 참으로 심각하다. 수단과 방법을 가리지 않음은 목적을 달성하려는 지름길에의 유혹이 있기에 가능하다. 지붕에 올라가려면 사다리가 필요하지만 지붕에 올라간 뒤에는 사다리를 걷어차는 것이 맞다. 내려오기 위해서 사다리는 필요하다고 누군가는 항변할 것이다.

그러나 사다리는 올라가기 위한 것이지 내려가기 위한 것이 아니다. 그렇게 용의주도하게 오르내림을 스스로 관장할 수 있다면 그는 교묘한 사람이다. 여기에서 사다리가 상징하는 것은 수단과 방법의 교차적인 효용성과 기회주의가 아니라 인간의식의 순수화의 극대화를 말한다. 그리고 그것은 세속적인 쓰임의 의미가 아니라 정신적인 승화의 상징적 표현이다.

사랑과 정의는 상대적일 경우가 많다. 절대적인 정의, 사랑이 존재한다면 그 사회는 성숙하고 완성된 세계일 것이다. 나의 관점에서의 사랑과 정의는 대단히 위험하다. 그 잣대를 마련하는 것도 어려운 일이다. 아울러 그것은 힘의 관계에서 탄생하는 경우가 많다. 역사가 승리자의 기록인 것처럼 말이다.

시대적인 통찰이 수반되지 않으면 가짜의 사랑이고 정의이다. 그것을 응시하고 기록하고 다듬어나가는 것이 종교의 역할이다. 그렇지만 그렇지 않은 경우가 허다했다.

종교가 대립을 심화시키고 반목을 도모하는 경우를 아인슈타인뿐만 아니라 우리는 역사의 도처에서 그런 것들을 목격했다.

타락, 썩지 않으려면 소금이 필요하다. 그 역할이 종교의 역할이다, 상처에 소금을 들이붓는 고통이 수반되어야 하기에 수행의 길은 멀고 힘들다.

그러나 그런 이유로 아름다울 수 있는 것이 수행이고, 그런 가치 때문에 더욱 큰 고통도 감내해야 하는 것이다. 운명을 사랑하되 극단의 끝에서 아름다웠다고 말할 수 있는 여유, 그 깊은 울림의 말을 나는 뱉어내고 싶다.

아제아제 바라아제를 입으로만 외울 것인가?

'저 나무가 참으로 나무라고 할 수 있다면, 그리고 만약 그렇다고 한다면 그것이 어떤 의미가 있을까요?'
이런 질문을 받은 적이 있다.
모든 것이 꿈일지도 모른다고 나는 대답했다.
우리는 진정한 나무를 한 번도 보지 않았을지도 모른다. 그러나 무엇인가를 가정할 필요가 있다. 대우주(macrocosm)와 소우주(microcosm)의 중간에 존재하고 있음을 만족스럽게 생각해야 한다. 조용히 잠시 멈췄다 불가사의한 마음을 갖는다. 성공한 사람이 아니고 가치 있는 인간이 되고자 노력해야 된다는 것이다.
우리 주위의 사람들이 자기가 인생에 쏟아 부은 것 이상의 것을 얻으려 하고 있는가를 유심히 지켜볼 필요가 있다. 그러나 가치 있는 인간은 자기가 받은 이상의 것을 남에게 되돌려주는 법이다.
우리는 창조적인 사람이 되어야 한다. 그러나 자기가 만들어 낸 것이 인류에게 재앙(災殃)이 되지 않도록 확인하지 않으면 안 된다. 아무리 사소한 것일지라도 그것은 필요하다.

미국의 시인 조이스 킬머는 〈나무〉라는 시에서 이렇게 노래했다.

시는 나와 같은 바보가 쓰지만
나무를 만드는 건 오직 하느님 뿐.

절대자가 있어 인간을 창조하였다고 하더라도 나무나 산의 의미까지 생각했을까? 그냥 풍경과 배경으로만 그랬을까? 그래서 창조적인 사람은 모든 것에 의미를 두는 세심한 관찰이 필요하고 그런 것을 기반으로 해서 창조적인 사람이 된다.

수행을 하다보면 온갖 잡념에 시달려 도무지 종잡을 데가 없는 경우가 많다. 너무 많은 욕심에 휘둘리기 때문이다. 고요하면 깊어지는 것을 모르는 바는 아니지만 말처럼 쉽지가 않다. 그러나 내 안의 우주는 너무나 고요함을 나는 아직 모르고 있은 것 같다.

나무처럼 살 수는 없을까? 성불은 그 순간인 것을 말이다.

구원은 자기인지自己認知에 있다.

가장 아인슈타인다운 발언이다. 세기말世紀末의 극한적 상황에서 그는 회생回生했다고 해도 과언은 아닐 것이다. 인간의 광기狂氣의 끝을 그는 지켜본 사람이다. 우리가 익히 알고 있는 〈안네의 일기〉나 영화 〈쉰들러 리스트〉, 혹은 프리모 레비라는 사람의 책을 읽어보는 것도 좋은 경험일 것이다. 그는 시대적 증언자證言者이다.

자기 자신의 본성을 모르고 무엇을 구원하고 용서하고 평안을 얻을 것인가? 그리고 깨달음을 얻을 것인가?

'나는 누구인가'를 지나서 '무엇을 두고 나라고 하는가'의 문제가 이 시대의 철학적 명제이다. 아무래도 좋다. 성철 스님도 자기를 바로 보자고 말씀하셨다. 자기 안의 주인공을 제대로 만나지 못하고 어찌 자기 인생의 주인공으로 살 것인가?

과학은 자연을 증명하는 일차적인 임무를 떠나 인간성의 본질까지도 조명하게 하는 계기를 제공해 주었다. 물리적이고 기계적인 관점에서 출발하여 자연의 본성을 조망하는 깊은 성찰이 동반된다면 그 무엇을 하더라도 그 모든 것이 수행이 될 것이다.

이것이 아인슈타인이 나에게 가르쳐준 소중한 수행이었다.

더 깊이 침잠하리라.